从走八千里，不问归期

三石头 著

浙江摄影出版社

全国百佳图书出版单位

序 | 当见万物皆有灵，
现实已共梦境齐飞

　　之前，我为三石头写序，形诸文字来描述他，已感万难。如今，再为他的新作写序，又添惶恐——恐不精准只是其一，更甚者，恐以我之世俗无趣，污损他之自然清澈，毕竟，序总忝列在前。

　　唯爱，诚挚持久。 在荒无人烟的比斯蒂，三石头像个困顿不堪但又倔强执着的孩子，一丝不苟地记录着大自然肆意生长的原始力量。在没有手机信号的莽莽荒原，纵使微小的失足都可能造成严重的后果，但他一往无前。对这个世界，三石头爱得真。他用心看世界，世界也给了他浮想联翩的空间。这一想，就是30年。

　　唯真，无碍多彩。 三石头说，拜县掉在了发黄的旧时光中，然后，他也掉在了发黄的旧时光中。"这地方，我真的似曾相识，我以为我早就来过。"其实，对他来说，何处不如此——在特卡波，三石头绽放成鲁冰花；在阿斯彭，三石头感受秋色浓郁……唯有率真，才能心无壁垒，与人世间万物相拥相融。于是人如画布，任由世界涂抹。世界多彩，成就率真之人之多彩。

唯善，柔软细腻。 在接近冰川国家公园的一处山坡牧场，看见阳光打在三三两两低头自顾自地享用美餐的牛羊的背上，三石头也变得暖暖的、柔柔的。在如中世纪画卷般的巴克塔普尔古城，看见路边一只打瞌睡的狗伸着懒腰，三石头也倦意顿至。唯有善良，才能拥有共情万物的柔软细腻，彼之一呼一吸，恰似我之一呼一吸。

唯清，俗恶不侵。 三石头像一只袋鼠，驻足在阿姆利则的金庙外，反复计算着贴满庙门和寺顶的 750 千克黄金到底价值多少，然后感慨"是我的就好了……然后果断辞职，浪迹天涯"。身处"美国西部最邪恶之城"杰罗姆鬼镇，三石头萌生"邪念"，企图重新翻修经常闹鬼的 Grand Hotel，然后挂上"新龙门客栈"的招牌，还想着说不定能顾客盈门。看三石头的图文，会发现他的俗并不俗，他的恶并非恶。大概唯有清澈，能一扫心中的名利腌臜，使生命净雅如初，有趣且有生机。如此，俗亦不俗，恶亦非恶。

若是抛开以上维度，把我对三石头所有的认知与情感输出为一句话，那就是："这是一个自带光芒的人，在他眼中，万物皆有灵。"似乎他的爱与真、善与清发生了化学反应，赋予了他一种视万物皆有灵的本能。于是，他的生命里处处是乐趣，有人甚至盛赞他是"一个童话般的人"。这样的人，他的摄影作品、他的文字，不想有趣都很难。

把现实活成梦境的样子也不错，至少还能继续在其中做梦。在博卡拉的费瓦湖畔，三石头说，若不是突如其来的暴雨，他就"去湖中央四仰八叉躺着做个美美的梦"。看到这里，我脑海中总是浮现出小时候常见的一个场景：水库里的老乌鳖，总是赶在大晌午，爬到水边的岩石上，晒一晒它们的背盖。没办法，这事我必须得坦诚交代。

赵志刚

2021 年 1 月 20 日

作者系江苏省人民检察院党组副书记、副检察长

自媒体"法律读库"运营者

目录 Content

博卡拉，

或许你可以忘记

身在尼泊尔

我是打心眼儿里喜欢博卡拉的。

从尘土飞扬、混乱不堪的加德满都一路蜿蜒，颠簸大半天，到与雪山、湖泊比邻，满眼清爽的博卡拉的这一刻，你想不喜欢这个地方都难。

八年前是这样的心情，现在还是。

尼泊尔这样的小地方，如果不是因为经历过一场大地震而留下许多不可磨灭的伤痕，发生了改变的地方还真不算多。要不，一路上经过城镇村庄，甚至行至当年歇息过的河边小店，我怎么还能找到原先的记忆？

我能顺便表扬一下自己超强的记忆力吗？

1

抵达网上预订的 Temple Tree 酒店时已近黄昏，华灯初上，人们三三两两在湖边街巷走着聊着，悠闲恬静。四周的景致甚是柔和，远山如黛，薄暮冥冥，平静的费瓦湖上轻笼着一层薄雾，一切都是我想象中的样子。

办理入住手续时询问了前台关于萨兰廊特日出的资讯，她立即打电话求助其他人，然后微笑着对我说："Tomorrow is a nice day."。

走进院子，抬头看到漫天繁星扑闪扑闪，是的，明天会是个好日子。

2

清晨 4 点闹钟响的时候我还做着美梦，若不是约了伙伴，我还真产生了放弃的念头。

赶到萨兰廓特时我仍然睡眼惺忪，好多人却早已经守候在斜坡上房屋平台的视野开阔处。

司机显然比较老到，给我们找了一个视野开阔的位置，好在看热闹的人居多，拍个照的空间不算局促。

八年前我们站立的土坡，如今已然不见，想必已用来盖了房子，或许就是我们现在所处的地方。

那天清晨天色阴沉，雪山躲在厚厚的云层中，不要说日照金山，等了老半天，太阳也只是从雪峰中羞涩地露了点出来，很快便没了影。我在人群中邂逅了来自新德里的工程师 Nabdakumar 一家，我帮他拍了张全家福，我们也顺便合了影，留了 Email，之后断断续续联系了好多年。2011 年 11 月我去印度之前还联系了他，他为我提供了许多关于印度的旅行资讯，并说因为工作的关系，一家人已经搬迁去了阿布扎比。

那天的清晨有点冷，我想，我之所以找人聊天，一定是为了降低打哆嗦的频率。

3

这天清晨倒是不冷，我找来回走动的服务员要了杯咖啡，无他，只想让自己认真一点对待萨兰廓特的日出。

连绵的安纳布尔纳山脉就在眼前，各座山峰前没有任何遮拦，我们最为熟悉的当然是鱼尾峰。除此之外，也没有多余的心思去关心其他山峰之间的高高低低。

许是好些日子没有下雨，空气中弥漫着细微的粉尘，总有一种镜头被弄脏似的感觉，显得不够通透。

天边飘着一条条流动的云，这给了我们莫大的希望，心想要是能遇上落基山脉喷雾湖水库坝上的那个奇迹的清晨就完美了——既有日照金山，也有朝霞满天。

不过之后的情节并没有按照我想象的发展，本来，奇迹也总是在猝不及防的时刻到来——希望有多大，落差也就有多大。

有一瞬间，云彩红了亮了，引起人们一阵阵的欢呼，但那不是雪山的方向。所以，真正的高潮没有到来，就被时间终止了。

总之，来过，看见过这样齐刷刷一溜儿的雪山，又无高原反应之困扰，已很好。

走时给当地人留了个电话，说如果出现好天气，提前来电通知我。

4

Temple Tree 酒店名称来源的重点应该是"Tree"，但事实上，令我印象深刻的却是无处不在的三角梅。没想到在福建之外，它们还能如此肆意曼妙地生长。显然，管理者是用了心的。

几乎从我进门的那一刻起，这些无处不在的三角梅就映入我的眼帘、植于我的心间了。我太爱这些三角梅了，要是我有这么一个花园，我能原谅它们的枝干带刺。

5

当年第一次来博卡拉的时候，我们曾站在费瓦湖畔遥望鱼尾小舍，只是那时在我们的旅行观念中，房价高于 100 美金一晚的酒店几乎不在考量之内。

现在的博卡拉已经有了许多更好、更贵的酒店。但我知道，我得选择在这里住上一晚——圆了当年的梦想。

鱼尾小舍的名字很低调，却独享一个小岛，面向风光迷人的费瓦湖。岛上树木茂盛，各种花儿争奇斗艳。坐在餐厅的沙发上，看远山近水，忽然有时光回转的感觉。

连绵的安纳布尔纳山脉在眼前铺开，最出众的是我们熟悉的鱼尾峰

费瓦湖上风光迷人，划船的小伙唱着当地的歌谣，船桨带着水花画出一道美丽的弧线

天气晴好的时候，站在院子里就能看到巍然挺立的鱼尾峰。可惜，这一次还是留遗憾了。

6

费瓦湖上没心没肺的随波荡漾必不可少，看不到鱼尾峰倒映在水中的影子并不影响好心情。小伙子划着划着就唱起当地的歌谣来，杂耍般舞动着船桨，带着水花画出一道美丽的弧线。

若不是突如其来的暴雨，我还真想去湖中央四仰八叉躺着做个美美的梦。

7

午后美梦未尽，迷糊中听见外面锣鼓的喧闹声，起初以为他们正在庆祝洒红节。出门渡河，等人群靠近，才知道是电影剧组以及一群嘻嘻哈哈跟着看热闹的人。

尼泊尔的剧组有多爱在费瓦湖畔取景啊！上一次遇到两拨，这一次也没落下。不过从演员阵容上看，上一次要大牌许多，像是正规军。这次顶多是三四流公司的小制作，工作人员看上去都漫不经心的。

我们自然一道上前凑个热闹，然后有一搭没一搭地和导演、演员攀谈起来，因一知半解而造成的语言障碍也可以忽略不计。

直至暮色四合，大家各自回家，各找各窝。

8

犹豫再三，还是没有经得住怂恿，晚上上老街溜达时，在一家滑翔伞代理点预订了第二天早上 9 点的场次。

"像鸟儿一样自由飞翔"，多么响亮的口号！好吧，人的一生，总得积累一些可以吹嘘的谈资。

但在交钱的那刻，我确实怀有一股视死如归的豪迈。

早餐后，一辆改装过的大吉普车在约定的时间来酒店，直接将我们送到街上的一家滑翔伞俱乐部。工作人员向我们简单交代了安全注意事项后，我们见到了各自的教练，然后签下"生死状"。

除了我们两人和各自的教练，车上又挤进两个背着滑翔伞包的欧美人，他们明摆着不用教练带着飞。满满当当一车人往萨兰廊特方向前进，只是和看日出的地点不在同一山头，没过多久就开上了坑坑注注的土路。

一路向上，海拔越来越高，不知道转了多少个肘子弯，路过多少个小村子，车窗外的山谷一直延绵到远处的费瓦湖。

一路上心里还是惴惴不安，脑子里一闪而过临阵脱逃的念头。转头看那两个欧美人谈笑风生的样子，自感汗颜。

好在路程遥远，山路崎岖，随着时间的流逝，我紧绷的神经逐渐松弛下来。

吉普车在一个稍微平坦的地段停了下来，我们下车后，司机立马掉头将车开走。教练笑着说，车子会去费瓦湖边等我们降落，这时候你们后悔也来不及了。

9

继续往上走了十来分钟，路旁有一处宽阔的山坡地，这里正是滑翔伞基地。有一些人已早一步抵达做准备，五颜六色的滑翔伞散落在山坡各处。

路旁插着一根木棍，上面系着一条彩带，这是用来测试风速的。等风来，它就会飘摇招展，滑翔伞就可以准备起飞。紧接着，就有教练带着游客大声吆喝着向前冲去，鲜艳的滑翔伞如同盛开的花朵，飘向山谷。

没有什么可犹豫的了，戴上头盔，系上各种扣子，演练着拉了两次出发时必须使劲下拉的带子。教练看到彩带飘了，嘴里大喊："Run, run run！"。

一阵慌乱的急跑后，身子腾空飘起来的瞬间，果然很美妙。教练适时调整了角度和方向，让我可以尽可能全方位地看到不同的风景。

开始飞行的十来分钟大致平稳，我能较为自如地操作挂在脖子上的徕卡 M 相机。山间的房子、树木和人越来越小，我甚至看到老鹰在我们脚下翱翔。没多久，就看到了远处的费瓦湖。遗憾的是，尽管天气晴朗，但偏偏雪山方向云层扎堆，安纳布尔纳山脉被严严实实地挡住了。

风呼呼响着，教练和我对话必须扯着嗓门，有时根本听不清他在说什么，就答"OK"。哪知最后一个"OK"后他忽然耍起酷来，滑翔伞忽上忽下地呈曲线形大幅度摇摆。几个回合下来，我的胃里就翻江倒海起来，但教练完全忽视了我，在用 GoPro 自拍时还要求我看着镜头微笑，我强作欢颜几分钟后大声说："Landing now！Landing now！"。

努力坚持到费瓦湖上空时，我的胃里再次翻腾起来。如果那天你恰好乘坐滑翔伞从我身边经过，恰巧看到我的窘样，我一定会抵赖：兄弟，你认错人了吧？

两分钟后，我们终于降落在湖边的草坪上，此时我心里只有一个想法：脚踏实地，真好。

坐上滑翔伞在空中自由翱翔，这种感觉真的很好

飞过滑翔伞我骄傲了吗？呵呵，还真有那么一点点。人这一辈子总得飞一次吧，不然老的时候吹起牛来都会底气不足。

10

下午在费瓦湖边的老城里租了电瓶车，我们跟着导航开往世界和平塔等日落。

我的伙伴虎哥的那台车马力太小，在公路右拐上去的大斜坡上扑哧扑哧响着，就是上不去。我的车虽然速度快不起来，但马力还足够上山。

因为车子不能直接开到世界和平塔，上山后，我只好下车步行。不过徒步的路段不长，沿着台阶没几分钟就进入了大门。右侧豁然开朗，可以俯瞰费瓦湖和整个博卡拉城。只是天气实在不够好，不要说看不见安纳布尔纳雪山，就连萨兰廊特城也是灰蒙蒙的一片。

考虑到虎哥还在山下苦等，我也就没有停留太久，甚至没有走近世界

喜马拉雅亭阁酒店旁边的小村子，我们和这些孩子玩了一下午

和平塔观赏，这样的天气下不看日落也丝毫不觉得遗憾。

11

找到喜马拉雅亭阁酒店纯属偶然，一次看某公众号介绍尼泊尔震后修建的精品酒店，它被列在第一的位置，人们毫不吝啬对它的各种赞誉之词。

酒店于 2015 年 11 月开业，老板道格拉斯·麦克拉根是德裔苏格兰人，他的经营理念极为环保：酒店用水来自一个成熟的水资源利用循环系统；他建有自己的有机农场，农场内的产品直接供应给酒店餐厅；大部分雇员是附近村子里的村民。而最后令我下订单的原因是酒店承诺盈利的 70% 都将用作贫困儿童项目的基金。因此，尽管酒店地方偏远，费用不菲，但我认为值得。

第二天晚上在餐厅遇上两个中国女孩，相互表示诧异：你们怎么会知道这里？这个地方虽离博卡拉城不到 10 千米，路上却有近一半是泥泞不堪的村道，前一阵子下雨还冲坏了桥，车辆只能走泥沙、鹅卵石混杂的河道。在此之前，我们看到的住客几乎清一色的都是欧美脸孔，酒店厚厚的留言册上，我只翻到一页中文。因此，他乡遇故知，我格外欣喜。

拍个合影，记录下欢乐的瞬间。我想，这张照片他们一定会珍藏

12

走着走着，就到了酒店旁的村子。准确地说，酒店本来就建在村里的田地上。

这地方原本是穷乡僻壤，若不是因为建了酒店，想必永远也不会为旅人所知。事实上我好几次问了当地人村子的名字，可现在也还是没能记住。

当然这不影响我的旅行习惯，旅行中不止是风景，许多邂逅往往更令人怀念。

我们最初在桥头遇上几个孩子，便开心地和她们玩游戏。在记录下她们一个个快乐片段的同时，我们的笑声，一样快乐得肆无忌惮。

然后她们自然而然成了我们的小跟班，在她们村不长的村道上，小跟班的队伍越来越长。那个下午，我仿佛看到了童年的自己，也许小时候的我，也是这样简单快乐。

遇到村民 Ganesh，他说自己在博卡拉做儿童慈善工作，并邀请我过去看看，如果不是第二天要赶回加德满都，我想我会去。也许，还有机会再来一次。

一场暴雨倏忽而至，我们慌张地逃回酒店，着实淋成落汤鸡。

那个晚上，我通过酒店龟速的网络把照片艰难地用 Email 发给 Ganesh，他第二天的回复表达了他的 "Great thanks"。

一大早，一位萨兰廓特的男子打电话来说今天天气很不错，雪山透亮透亮的，美极了。

其实我也料想到了，昨晚前半夜断断续续下着豆大的雨点，后半夜开始放晴，满天繁星点缀着夜空。这就是我梦寐以求的想象中的好天气，可偏偏，一早我们就要离开。

不是没想过改签机票，哪怕重新买一张也成。只是改了这一程，就会错过下一站加德满都杜巴广场的洒红节——这才是我这次出行的目的。

我算好了一个美美的过程，却输给了时间。

13

还好有无人机，在我慌张迟疑的时候，它让我美美地欣赏到了安纳布尔纳雪山令人窒息的美丽。

14

该走的时候只能挥挥手，就算你有很多的不舍，曾有许多次，我都有下车徒步往回走的冲动。

我想到在告别时，博卡拉会以一种很优雅从容的方式说再见，只是没想到这种方式会这么令人遗憾。那鱼尾峰，似乎就在博卡拉城城外矗立着，触手可及，美不可言。

15

我还是打心眼儿里喜欢博卡拉。我想，这地方我还会来第三次。

离开博卡拉的那天早上，天气好得令人依依不舍

洒红节，
王宫前的狂欢

总有一个地方，
让你不再烦恼；
总有一次遇见，
令人刻骨铭心。

1

　　某日看电视，一档旅游节目正在介绍欧洲一个小国的城市，说他们一年中有半年是节日，另外半年在准备过节。

　　我不记得那个城市的名字。

　　我很羡慕那里的人们。

　　小时候喜欢过节是因为节日热闹，而且还能吃好玩好。工作后则是因为过节时有可自由支配的假期，可以去远方撒野。

　　因此，我喜欢节日。

2

知道洒红节是因为几年前看到有朋友发了一幅色彩感很强的图片，询问得知是印度的一个极其重要的节日——洒红节。那时我已经去过印度，只是时间不对，不曾遇见。

后来知道尼泊尔也有这样的节日，尽管规模与印度相比或有不及，但还是有不少人更愿意选择去拍尼泊尔的洒红节——比如我们。飞越过喜马拉雅山脉，我们终于来到了山南麓的尼泊尔。

3

洒红节又叫"胡里节"，大约是英文"Holi"的直译吧，也有人管它叫"五彩节""欢悦节"等令人激情澎湃的名字。反正我不爱探究这些，看过一遍也未必记得住。按照旅馆老板的建议，换上拖鞋，穿上 T 恤和短裤，"艳遇"去吧。

我特意选择了一个离杜巴广场比较近的旅馆，楼下就是一条热闹的街。无须问路，顺着色彩鲜艳的人流，就能通往热闹的广场。

地震带来的创伤随处可见，王宫墙上的裂痕犹在，广场上原来高耸的庙台几乎成了废墟。但这些并不影响人们越发高涨的热情，富有节奏感的声浪此起彼伏，更有锣鼓队加入助威。五颜六色的粉末飘扬在空中，构成了一个色彩斑斓的世界。为了避免相机遭到不可逆的损害，我用塑料袋套住机身和镜头，尽可能爬到最高点，但仍然躲不开各种突然的袭击。后来，我索性把相机搁进背包，加入狂欢的人群，像个孩子一样，又唱又跳。

这世间哪里还有忧愁，值得你牵肠挂肚、夜不能寐？

来个自拍，好不开心

独舞的小女孩

你快乐吗？我很快乐

巴克塔普尔，
中世纪画卷中的
时光穿越

就算整个尼泊尔都不在了，只要还有巴克塔普尔，就值得你飞越半个地球来看它。

——［英］鲍威尔

到达尼泊尔的第二天，我们就直奔巴克塔普尔。来之前听了太多关于这个古城的美丽传说，心里有点儿迫不及待。

早上 8 点，约的中巴车没有按时到达酒店。继续等了 15 分钟后，我们决定自己出去找的士。加德满都满街跑的的士几乎都是清一色的日本铃木车，相当于国内的小奥拓，小巧玲珑。尼泊尔的街道狭窄，这种车辆开起来灵活，倒也实用。

巴克塔普尔距离加德满都大约 14 千米，但路况并不好，沙石土路坑坑洼洼，坐在车上只觉得颠簸不堪。如果和来车交会或者是被后车超越，更是尘土飞扬，一时看不清道路。还好，司机早已习惯这样的路况，一路上，他谈笑风生，气定神闲。约莫 40 分钟后，我们到达了巴克塔普尔古城的门口。

热情的向导 Suresh

Suresh 是巴克塔普尔当地人，我们买票的时候，他主动上来搭讪。他说自己是一名优秀的向导，还说以前在大学里面主修历史，可以带我们参观这座古城，给我们讲解这儿的历史。在国内旅行时，我总是不喜欢请向导，即使是在一个完全陌生的地方，我还是喜欢自己去探究和寻访，用自己的方式行走。但在这样一个异国的世界文化遗产前，举目所及尽是保存得很

虔诚的一天从晨祷开始

吃棒棒糖的小女孩，脸上洋溢着满满的幸福感

好的历史遗迹，这让我对一切都充满了好奇，再加上 Suresh 看起来挺真诚，我同意了。

我们先让 Suresh 帮忙找旅社，看我们带着长枪短炮，他建议我们住在塔乌玛蒂广场旁边的 Bhadgaon Guest House。站在旅店楼上的平台上可以俯瞰整个广场以及整个巴克塔普尔古城，也可以看到城外的村庄。可以说，这是巴克塔普尔地势最高、地理位置最好的旅社，我们都比较满意。

这时已是早上 10 点多，阳光越发强烈，这样的光线并不适合摄影，我们计划在这里住上两天，所以不着急出去。平台上有一个吧台，于是我们索性在那里点了酸奶和咖啡，一边喝一边看风景，感受尼泊尔人慢悠悠的生活。

同行的甜甜英文最好，所以她和 Suresh 之间的交流最多。我算是"半桶水"，偶尔也掺和进去。我对于巴克塔普尔历史的了解，除了《孤独星球》

尼泊尔经济虽不发达，但政府对教育非常重视，各个学校的校服看上去都十分漂亮。图为放学后逗留的学生

杂志上所描述的，大多来自 Suresh 的介绍。

巴克塔普尔原名为巴德岗（Bhadgaon），在尼泊尔语中的意思是"稻米之城"，是加德满都河谷中最早出现的村落之一。据说在 9 世纪，阿难达·马拉国王以毗湿奴的外形为蓝图，在此建城。12 世纪以前，巴克塔普尔已发展成为商业中心城镇。14—16 世纪期间，更是成为马拉王朝的首都之一。它还是中世纪尼泊尔艺术和建筑技术的发源地。

我一直更喜欢巴德岗这个名字，总认为，巴德岗听起来更有中世纪古城的韵味。

塔乌玛蒂广场

下午 3 点，阳光逐渐暖和起来，我们走进塔乌玛蒂广场。广场南边有一块突起的平台，用大小相当的长形条石铺就，经过数百年的磨砺，每块石板都精光平整。几个老人和小孩坐在上面晒太阳，旁边有七八条小狗横七竖八地躺着，我们经过时，它们一动不动，连眼睛都懒得睁开一下。

　　正对面是始建于 1702 年的尼亚塔波拉神庙，这是巴克塔普尔乃至整个尼泊尔最高的神庙，也是纽瓦丽寺庙建筑的巅峰之作。神庙高达 30 米，有

五级台座、五层顶檐，Suresh 说当地人因此也称其为"五层塔"。

通往神庙的台阶比较陡峭，上下都得小心翼翼。台阶两侧分列着 5 对巨大的雕像。位于最底层台阶上的是传说中的金刚力士加亚·马拉和帕塔·马拉，据说他们的力量是常人的 10 倍。顺着台阶向上，第二层台阶上是一对大象，第三层是一对狮子，第四层是一对狮身鹫首的怪兽，最后一

清晨，一位经过尼亚塔波拉神庙前去朝拜的妇女，朝拜是尼泊尔人一天中最为重要的事情

层是两尊女神，据说每层的神物都比前一层的力量要大 10 倍。掌管这一切的密宗女神吉祥天女的雕像就在这座高耸的神庙里面。神庙有东、南、西、北四扇精致的木雕门，但都紧紧锁着，不留一点儿缝隙。Suresh 说，女神的正面雕像只有神庙的祭司才能看到。神庙屋檐下的柱头上还雕刻着形态各异的女神像，一共 108 个，每个女神都有自己的故事，Suresh 说了几个，我听得似懂非懂。因为年代久远，加上没有受到悉心保护，这些木雕略显斑驳。

坐在最高的台阶上，巴克塔普尔全城几乎尽在眼底。忽然想到几百年前神庙刚刚建成时，该是如何金碧辉煌的样子。石阶下面人头攒动，大家纷纷顶礼膜拜，又该是怎样风光无限。如今斯人已去，世事变迁。历史长河中的细沙，磨去的是斑斓的色彩，留下的是凝固的时光。

尼亚塔波拉神庙左侧还有一座精美的神庙——巴伊拉布纳神庙。这座神庙始建于 17 世纪早期，是用来供奉湿婆神的恐怖相巴伊拉布的。神庙的边上随意地堆放了一些被拆解的巨大木头战车和轮子。据说在每年 4 月中旬尼泊尔新年的那天，人们会把这些零件组装成三层高的巴伊拉布大战车。村民们推着巨大的战车，载着巴伊拉布的神像巡游全城。中途战车将停下来，这时城东和城西将分别举行一场规模盛大的拔河大赛，获胜的一方可以获得服侍神像一周的殊荣。

紧挨着巴伊拉布纳神庙的是蒂尔摩赫戴纳拉扬神庙，这是巴克塔普尔古城里最古老的神庙之一，供奉的是毗湿奴的人身纳拉扬。这座寺庙具体的建造年代不详，碑文记载，1080 年人们就已经开始使用这座神庙，一直延续到现在。

杜巴广场

杜巴广场位于古城的入口处，是巴克塔普尔最大的广场。广场上最引人注目的当数东边那道守护着王宫的黄金门。黄金门有七八米高，顶端是飞檐顶盖，据说镀了一层真金，现在看来还光彩夺目，上面左右对称地排列着狮子、大象和飞鸟的塑像。铜铸的门框上了金漆，上方是一个坐在金

街上偶遇的老人，脸上写满岁月留下的沧桑

翅鸟上的女神的浮雕，旁边还有一个婀娜的侍女。两面的门楣上则是多面佛和女神群像的浮雕，一共 10 尊，或坐或站，或舞动或沉思，每一尊都有不同的表情。靠近地面的那些雕像上，还被撒了红色的粉末，这些粉末表现了巴克塔普尔人对神明的敬畏。相传当初这座宫门修好以后，马拉国王便下令杀害了建造者。从此，这扇黄金门就成了世间独一无二的孤品。

虽有军人把守，但游客还是可以进入黄金门内参观的，里面有一座建于 17 世纪的王室水池，是以前国王洗澡的地方，目前已经废弃不用。还有一座只允许印度教教徒入内的神庙，严禁拍照摄像，我们只能在门口探头望一望，里面的木雕和建筑古老而又精致。

和黄金门正对的就是布帕廷德拉·马拉国王雕像柱，国王双手合十，端坐于莲花柱头，面向黄金门。黄金门旁边是建于 1427 年的四层砖木结构的巴克塔普尔故宫，以 55 扇黑漆檀香木雕花窗而闻名于世，因此也叫"55 窗宫"。东侧是石构的巴特萨拉女神庙，建于 1737 年，由当时的国王所建。殿外悬挂的高达 1 米的铜钟和黄金门一样，是巴克塔普尔的城市地标。

继续前行，红砖基座、白色尖顶的法希德加神庙映入眼帘。整个寺庙有六层基座，台阶两侧分别立有大象、狮子和公牛的石雕。再向前走，正前方是瓦特萨拉神庙，接着就是希提拉客希米神庙，台阶两侧分别对称地立有马、犀牛、人面狮身兽等石雕。

巴克塔普尔就是这么一个神庙众多的地方，其实整个尼泊尔都是这样，神庙之多让我们目不暇接，我亦无法一一记录。在这神奇的地方，人和神可以如此自然地相处，那些在我们眼里价值连城的国宝就在人们的视线之内，大家都司空见惯。倘若没有外人的打扰，他们是不是会一直维持着古老的生活方式？从中世纪到现在，岁月的流转只在他们身上留下了些许的痕迹，却并未将他们彻底改变。

巴克塔普尔的黄昏

黄昏时分的巴克塔普尔是最令人怀念的，安逸、宁静，令人内心平和。我再次爬上尼亚塔波拉神庙高高的台阶，收起相机，像当地的居民一样坐在石阶上，静静地欣赏落日余晖中的古城，看着塔下来来往往的人群。这时，游客大多已经散去，留下的都是当地的居民：孩子们在广场上玩闹嬉笑，互相追逐，没有大人来叫他们回家吃饭；戴着小花帽、

我们去当地的一座小学拜访，还给他们上了一天的中文课

穿着长袍的男人们三三两两地聚在一起，或闲聊，或静静地看着远方；身着华丽衣衫的女子袒着胸脯给年幼的小孩喂奶；路边打瞌睡的小狗偶尔伸个懒腰……渐渐地，太阳隐没在尼亚塔波拉神庙古老的神像后面，留下淡淡的红晕。偶尔有风轻轻吹过，屋檐庙角悬挂着的铃铛便扬起一阵悦耳的丁零声；不知疲倦的鸽子扑闪着翅膀从庙檐飞向屋顶，投下轻灵、跃动的身影……

"就算整个尼泊尔都不在了，只要还有巴克塔普尔，就值得你飞越半个地球来看它。"这是 20 世纪一个叫鲍威尔的英国人说的话。这段话不但印在了每张巴克塔普尔古城的游览导图上，也印在了我的心里。

10 天后，我们离开尼泊尔。在机场时，我问甜甜："如果真的可以回到从前，你想回到哪一年？"她考虑了一会儿说："中世纪。"然后又补充说："中世纪的巴克塔普尔！"

我想，我的答案和她是接近的。

科隆岛纪事

后来我又去过好几个海岛浮潜，每次都习惯将它们和科隆岛相对比，心里总有那么点惆怅和失落。即便当年我的伙伴说，他们早先去的爱妮岛，鱼更多，珊瑚更美，完全秒杀科隆岛。

我不知道他们的话里有没有夸张的成分，人们总是喜欢对过往独享的经历加以粉饰和点缀，或者说这就是一种怀旧的情愫。

那一次我们的第一站就是巴拉望的首府公主港，和爱妮岛不过170千米的路程，不过我们已经早早定好下一站的行程，只能放弃了。当地人说马尼拉有直飞爱妮岛的小飞机，1小时就能抵达。我以为我能很快去爱妮岛眼见为实，然而五年过去了，

一受到表扬，孩子们率真的天性就展现了出来

钓到一条小鱼，小男孩乐开了花

下午暖暖的阳光把科隆港涂抹成迷人的金黄色

日子如白驹过隙，我们在这繁华世界兜兜转转，时而背道而驰，时而擦肩而过，我竟再也没有机会重回菲律宾。

回来之后我曾数回翻到在科隆岛拍的照片，岁月荏苒，记忆不曾褪色，是该记录一二的时候了。

1

我已经不太记得当时从公主港前往科隆岛的细节了，只记得午后抵达住的小酒店，不远的公路拐角处可以看到蔚蓝的大海。酒店距离科隆镇不到1千米的路程，走路10多分钟，也可以拦一辆招手即停的突突车，突突两三分钟就到了镇上。

科隆岛其实叫"布苏安加岛"，是巴拉望省北部一个偏远的岛屿。岛上最繁华的小镇叫"科隆"，因此大家习惯叫它"科隆岛"。

科隆镇很小，街道两旁大多是一两层高的破旧房屋，我只在三岔路口见到过一幢略微伟岸的白色建筑。沿着一个小斜坡下去，就到了停泊各种船只的科隆湾。

下午的阳光和暖，一切看上去都是那么温暖柔和。坐在码头的水泥墩上，看一张张笑脸在眼前晃动着，我的心情也如阳光般明媚。

随便问了个船主，表达了想开船出海找个地方看夕阳的想法。其实来之前并没有做攻略，只是随行随想，也好，旅程中充满未知才有惊喜。

也不知船主是否完全理解了我的意思，当螃蟹船在海面上疾驰的时候，阳光正往西面的山峰快速地下坠，等我们到达一处拥有弯月般形状的洁白沙滩的小岛上时，夕阳刚好被岛上的山峰阻隔了。令我更加失望的是，落日余晖终究也没有把残留的灰色云层点亮。2013年第一天的日落，终究是落了一地的遗憾。

2

前一天的傍晚约定了第二天早上8点的跳岛游，6个人一条船还包一顿午餐，一共人民币600多元，价格低廉得都不好意思讨价还价。依旧是船主带着一个十六七岁的小孩跟着我们出行，只不过不是前一天下午的爷俩，可能他们有自己的出海顺序。

科隆湾多山，似乎从每一个角度都能看到一簇一簇耸立着的山峰，形状各异。挨着山的海水从浅色的潟湖延伸出来，令人不禁好奇经历了怎样的沧海桑田，才能造就如此的山海相依。

我们坐在船上从此山到彼山地游荡着，每一个浮潜点都有属于自己的浪漫名字，只是我早已忘记，反正到处都是精美绝伦的珊瑚群和数不清的色彩斑斓的小鱼群。每一次漂浮在海面上痴痴地看着的时候，我甚至顾不上被珊瑚划出血的小腿，心里只有一个声音：为什么不带防水相机来呢？

船主在我们第一次浮潜时就在船上开始准备午餐，到了一个专门的休息区，他已做好了满满一桌的饭菜：大红蟹看上去挺诱人，味道却不怎么样；倒是大虾、小鱼和鱿鱼的口味俱佳，总体好评。

小岛的沙滩是孩子们娱乐的地方：有小孩在踢足球，踢着踢着球就掉到了海里成了水球；还有一批学生模样的孩子在玩沙滩排球，面对镜头，他们露出灿烂的笑容。我很乐于和几个小孩混在一块，看他们乐此不疲地从螃蟹船上跳上跳下，自己也跃跃欲试。

稍加休息后继续找地方浮潜，海里的世界真奇妙，难怪那么多人痴迷潜水。浮潜都如此神奇，深潜该是何等的震撼？

抵达凯央根湖时已近下午4点，沿着台阶一直向上，豁然开朗处，金色的阳光正好洒满一湖，流光溢彩，甚是迷人。

人们轮流到悬崖边的岩石上跳水，当然，行动起来都不怎么果断

凯央根湖可以说是科隆岛乃至菲律宾最为经典的一个旅游景点了，纯净的水质以及随着季节光影变幻的湖水颜色使它犹如镶嵌在群山怀抱里的一枚晶莹剔透的钻石，美丽得不可言说。

这也是游人最为集中的一个景点：有人坐着竹筏在湖面上漂荡着，稍不留神就掉进湖里，他也不恼，反而畅快淋漓地开始游泳；有人爬到悬崖边高耸的岩石上，在大家的嬉笑怂恿中一跃而下……

这原本是一幅无数次出现在明信片上的画面，此时我们却走进了画里，成为其中鲜活的一员，真有一种"人在景中走，也成景中人"的感觉。我则大多数时间都静静地坐在湖边的一处岩石上，享受着这里世外桃源一

虽然生活在贫民窟，但他们都很开心

般的悠闲。

原来读书令人懂得向往，而旅行可以解释万千。

3

和毫不起眼的科隆小镇相比，在边上依附于它的贫民窟更显得破烂不堪——贫民窟建在一片海边红树林的滩涂上，大大小小的木头插在淤泥中，撑起了一幢幢简易的房子，涨潮时就是天然的海景房。

走在歪歪扭扭的以狭窄木板搭建而成的栈道上，不时听见脚下的木板发出吱吱呀呀的声音，令人怀疑它的坚固性。当然，这样的担心完全多余，他们生活在这里不知多少个年头，许多木板都被磨去了纹路。

尽管生活艰难，我们看到的却多是灿烂如花的笑脸。每家每户的门前，绿植青翠，花儿绽放。

我们还被热情邀请去他们家里做客，然后和他们一样一屁股坐在地板上。狭窄的空间容不下什么家具，地板却擦洗得整洁干净。靠墙的木架上

科隆岛港口的贫民窟，每家的房子都非常简陋

搁着家人的相片和孩子的玩具，杂而不乱。我们有 搭没 搭地聊着，语言上的障碍使得沟通变得零零碎碎的，但那发自内心的微笑却有温暖人心的力量。

我们带去的糖果、巧克力为孩子们增添了不少的欢乐。后来，我们又去他们的食杂店，搬空了所有的糖果、饼干，因为分享快乐是一件很愉悦的事情。

我们没法改变命运的安排，但至少可以改变面对生活的态度。微笑着生活吧！毕竟每一天都是崭新的。

拜县，

掉在发黄的

旧时光中

　　站在街角等车来接的时候，空气中飘散着冬阴功汤酸辣而温暖的气味，街上人来人往，不时有穿着校服的小女生骑着电动车欢快而过。

　　这是拜县最繁华的路段，说是繁华，也不过类似我们 20 世纪 80 年代六线城市的街巷，两边多是一至两层高的低矮店铺，电线杂乱无章，店牌随性摆放。此时暮色四合，天空泛着微蓝渐灰的色彩，也不知道之前是否有过短暂灿烂的晚霞。

　　我们一早刚从清迈租了辆面包车过来，两地距离不远，也就 100 千米的路程。不过因为几乎都是蜿蜒崎岖的山路，我们走走停停，大约用了 5 个小时才到达。

　　人们总习惯把拜县和清迈放在一起，来清迈玩的人，大多会考虑顺便来一下拜县。但实际上它们属于不同的州府管辖：清迈属于清迈府，而拜县则属于夜丰颂府。

　　路上，我和司机不着边际地有一句没一句地聊着，用带着彼此浓厚的家乡口音的英文，他说他的，我说我的，经常词不达意，鸡同鸭讲。不过

骑电动车的中学生，从我们面前欢快而过

没关系，我们可以依赖其他辅助沟通的方式，比如手势或表情，最终总能达成共识。

到过拜县的人都会情不自禁地喜欢上这里的慢生活，没心没肺地和时间讲和，这是现在快节奏时代里非常难得的奢侈。

到的那天下午我们没有在酒店休息，而是去了附近的乡间徒步。在一个简陋的乡村客栈里，我们遇上了七八个外国游客在逗一个婴孩玩。攀谈起来，得知他们来自不同的国家，有法国、意大利，还有瑞典、日本等，大家从陌生到熟悉，之后整天混在一起。客栈有公用厨房，他们轮流买菜做饭，今天法国菜，明天意大利面，后天日本餐，一日一换，天天新鲜，日子就这么简简单单过去了，有人本来计划在拜县就待两三天，结果稀里糊涂延长了一周，最后甚至半个月还不想离开。那时我想，如果我也能这样随心所欲，该多好。

原始的沐浴方式，我小时候也是这样沐浴的

旅途中偶遇，他日可会记得，曾经抱过、爱过你的人

在拜县众多的旅行推荐地中，山地村是一个特殊的存在——里面住的不是泰国土著，而是几乎清一色的华人。更准确地说，他们是流落到这里的云南人。据说，当年一支国民党部队在这里抗日，后在此生活。繁衍到第三代，泰国政府才承认他们为公民，而现在，第四代已经茁壮成长。

为了不让自己的文化流失，当地人自费办了一间中文夜校，如今有300多名学生，还吸引了一些当地的小孩来学习汉语。我们见到了老校长，他带我们参观了学校。学校的设施还不错，和我们20世纪90年代学校的条件大致相当。校长介绍说，学校的各种费用除了当地华人捐献的一部分，大部分来自民间援助。当然，这次我们也捐了款。

这些年来山地村旅游的中国人越来越多，村里开了好几家旅游商店。和开茶叶店的华人小李闲聊，他说村后山有个景点叫"云来"，是拜县看日出最美的地方，运气好的话还能看到云海。见我颇感兴趣，他叫来学校的副校长张家荣给我带路。

第二天早上6点，张家荣准时开着车来接我们。果然，山下云雾弥漫，到了山顶便看不到村庄的模样。坐在被晨露打湿的长木凳上，一边喝着当地的香茶，一边看着云来云去，倦意全消。

阳光从远方的山头散射开来，云雾下的小村庄渐渐显露，右边的山林在缥缈的晨雾中呈现出极有灵气的一面。每一次按下快门时，风景都不相同。

张家荣说，今天我们的运气算不错了，这个地方最好的风景一般出现在秋冬季节，那时每天都有数百乃至上千的游客前来观云摄影。今天早上来的人不多，一共只有7人。

著名的 Coffee in Love 也是游人必打卡的地方，听说这里是好几部电影的外景拍摄地，其中最著名的就是泰国青春偶像电影 Pai in Love。这里本来风景就美，这下生意更是火爆。我们在这里假装小资地要了一杯咖啡，味道好坏并不重要，远山如黛，风急云低，一切清新美好如剧情。其实，我们是来避雨的。

离开之前，我们特地去那座黄色的倒立小屋前拍照。经过邮局时，我进去坐在桌子前想写一张明信片寄给远方的人，一时却想不起地址。

站在拜县最繁华路段的街角，一旁的书店亮起昏黄的灯光，旁边的吉他店里，漂亮的女老板收起包装整齐的吉他……

据说那个神似加勒比海盗"杰克船长"的男子，每天晚上都会开着他的老式甲壳虫车到街上，然后在街边摆摊售卖各种自制的纪念品。

大树下的秋千，承载着多少人的美好记忆

闲时看山，静时读书，这就是旅行的意义

云雾弥漫，仿若仙境

　　站在街角，恍惚中，我看见自天空中飘来一张信笺，它缓缓地画出一道优美的弧线，掉在发黄的旧时光中。这地方，我真的似曾相识，我以为我早就来过。

"网红"景点 Coffee in Love，现在也依然火爆

据说"杰克船长"每天晚上都会开着他的老式甲壳虫车到街上售卖纪念品，游人邀他一起合影，他都很配合

夜晚的老街上，时光可以过得很慢

清迈，

爱上一座城

　　"可能谁心里都有这样一座城：与世无争，没有压力；只闻花香，不谈悲喜；馔食饶美，丰俭由人；喝茶读书，不争朝夕；阳光暖一点，再暖一点；日子慢一些，再慢一些……"

　　对于清迈，我的朋友多吱总是不吝赞美之词。她说清迈是一个第一眼看到就会爱上的城市，三年间她来了四次，走同样的路，看同样的风景，

在清迈，寺庙无处不在，小小的城市里居然有 300 多座大大小小的庙宇

品同样的美食，却依然乐此不疲。

这我深有同感。事实上，我自己也还没离开就开始怀念了。这些年来曾几次计划过故地重游，都因为种种原因遗憾错过，但清迈这座城市仍然一直在我心里的最柔软处。

每去一个陌生的地方，我都习惯预先做功课，来清迈前也不例外。网上谈论最多的就是去清迈必须做的几件事，曾经风靡一时的电影《泰囧》中，王宝强饰演的王宝向徐峥饰演的徐朗罗列了他的愿望清单，除了为了营造喜剧氛围张冠李戴地第一项"去一次泰姬陵"，每一项都值得尝试。

随处可见的僧侣，他们在泰国一直有着备受尊崇的地位

我给同伴列的清单大致相同：拜寺庙、做 spa、逛夜市、骑大象、丛林飞跃、探访清迈大学、尼曼路上随处逛。

清迈最不缺的就是寺庙了，很难想象这小小的城市里居然有 300 多座寺庙，

寺庙里虔诚的信徒

我们住的 137 柱子酒店虽位于郊外，走几步也能见到金碧辉煌的庙宇。

帕辛寺是清迈规模最大、等级最高、香火最旺的寺庙，始建于 14 世纪。寺院正中有一座高约 20 米的大金塔，传说塔内保存着佛祖释迦牟尼的舍利子。

柴迪隆寺也很有名，它的等级和帕辛寺相当，有 600 余年的历史，是典型的兰纳风格的建筑，不时有游客和成群虔诚的僧侣前来朝拜。

此外还有素贴山上的双龙寺、王宫花园中的松德寺以及相对冷门的罗摩利寺，它们各有各的特色。

泰国 spa 名声在外，在清迈的街上，随处可见大大小小的 spa 馆，最

周日的塔佩门集市上，他们吹吹打打、跳跳唱唱地走过，个个脸上洋溢着欢乐的笑容

集市上表演的小演员，右边那个一板一眼学着舞蹈的小女孩完全吸引了我的目光

塔佩门是清迈的标志性景点，几乎每一个到过清迈的游客都对它印象深刻

著名的是女子监狱按摩馆，若没有预约往往需要等位。当然，其他地方的服务、技术也都不差。一日午后，我们随便走进酒店附近一家规模较小的spa馆，想必是技师的手法恰到好处，没几分钟我就睡着了，醒来听到她轻声细语地说："先生，你的时间到了。"

塔佩门是清迈古城的标志性建筑，也是古城现存最完整的一座城门，每个来清迈的游客都必然不会错过这个地方。清迈大大小小的夜市非常有名，时间不同、地点不同、规模不等，以周日的塔佩门集市最为热闹——从塔佩门一直延伸到帕辛寺。夜幕刚降临，人们便从四面八方涌来，小摊位沿着街道有序排列，甚至分散到两旁的支道上。有卖工艺品的，有卖生

正在编织的长颈族女孩

丛林飞跃给人在拍武侠电影的错觉

活用品的，有卖特色小吃的，也有艺人卖艺，还有各种肤色的年轻人吹吹打打、唱唱跳跳……各式各样，热闹非凡。

别看人多，地上却异常干净。我朋友阿虎吃完菠萝想扔剩下的竹签，因为找不到垃圾桶，他默默地将它放进了口袋。

骑大象和丛林飞越的地点都在清迈郊外，我们通过酒店预订了一个一日游的线路，行程还包括去参观泰北最大的长颈族村落。

其实，长颈族的正式名称是喀伦族，他们生活在泰国北部与缅甸边界处。族里的女性从5岁就开始戴铜圈，随着年龄的增长，越戴越多，脖子便变得很长，看上去很畸形，与人体不成比例。有人认为这与我国封建社

清迈大学校园中温暖的拥抱

会少女缠足一样，是一种陋习，我赞同这种观点，它极大地损害了女性的健康。

骑大象也是一项备受非议的项目，因为驯导大象的过程很残忍，动物保护组织认为这是虐待大象的行为，因此呼吁大家抵制骑大象。只是效果不太明显，等待骑大象的游客仍然络绎不绝。

丛林飞跃则是一项亲近大自然的冒险活动，当然只要遵守规则，安全系数还是很高的。无论是在林间横向飞驰还是垂直速降，都颇具大侠风范，极为刺激——玩的就是心跳嘛！

在清迈的日子，我故意把时间拉长，这样不用每天都有计划，可以散漫得不像一个游人——没有时间观念，没有目的地走来逛去，而不在乎走同样的路，看同样的风景，品同样的美食。几天后，我甚至不觉得是在一个异国他乡的城市，完全没有陌生感和违和感，看看寺庙，找找美食，听听音乐，泡一杯浓香的咖啡或者清淡的茶，累了做个 spa，醒了看下天空。偶尔假装是一个学生，去大学里回忆一下青春，感受慢时光带来的无比慵懒的舒适。

黄昏时，走在尼曼路的街头，一家毫不起眼的小店里忽然飘出熟悉又亲切的旋律："小城故事多，充满喜和乐，若是你到小城来，收获特别多……"我忽然明白了为什么邓丽君生前会那么钟爱这座城市；为什么我的朋友多吱，会有那么多感想，会三年间去了这个城市四次，洋洋洒洒地写了十来万字的《我的清迈，我的城》……

华灯初上，尼曼路上一派繁忙的景象

蒲甘，

手指之处，

皆是佛塔

何建说，缅甸国内的航班准不准点全看运气，你们提前半个小时到就绰绰有余了。我想起两个月前在温哥华因为一顿海鲜误机的教训，宁愿不睡懒觉，把与他约定起程的时间又提前了半个小时。

结果如他所讲。

虽然是一国的首都，但仰光机场条件确实简陋。没有输送带，行李箱过秤后随意堆在一旁，我看了又看，生怕到了蒲甘找不着。

延误是确定了，而且还没有个准确的起飞时间，因此不能到处溜达，只好坐在长椅上留意听通知。还好时间不算太长，一个小时后，我们终于可以昂首走进候机处。

以为会有条廊桥，再不济也该坐摆渡车吧。好吧，是我天真了。

自然光和袅袅佛香产生了梦幻的效果

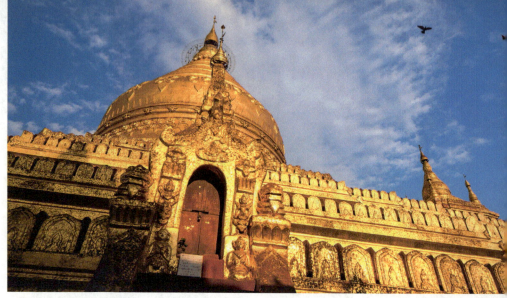

金光闪闪的瑞西光塔，真是晃眼

1

这天真热。

2015 年最后一天的午后，一走出机舱门，一阵热浪袭来，镜片顿时起雾，这还能算是一个像样的冬天吗？

机场外候着拉客的司机很讲规矩，先来后到，有序排队。我说了酒店的名字，就被招呼着上了一辆破旧的面包车。环顾四周，要找一辆像样的好车确实也并非易事。

车上的乘客都是前来蒲甘旅游的老外，司机似乎对大家的去处了如指掌，沿途陆续有人下车。大约 20 分钟后，车子停在泰拉巴之门酒店外尘土滚滚的马路上，我们下车，还有半车的人继续前往下一站。

走进酒店，却如同进入另一个世界——干净，清爽。

2

蒲甘是缅甸历史上最为辉煌的蒲甘王朝的首都。据说在鼎盛时期，蒲甘平原上散布着上万座大大小小的佛塔，后来经过数次战乱和大地震，目前剩下 2000 多座，虽不到原来的五分之一，但仍是世界上最壮观的古塔群。这些佛塔大多建造于 11 世纪至 19 世纪，有的因雄伟而远近闻名，有的矮小而籍籍无名，但都沉淀了厚重的历史。

现在的蒲甘包括娘乌、新蒲甘和老蒲甘三个人口较为集中的城镇以及

路过一家条件简陋的小学校，老师和学生们都很认真

数个散落的小村庄，娘乌是主要的商业区，新蒲甘是后来发展起来的新城镇，两者和老蒲甘也就数千米的距离。我们的酒店就位于老蒲甘，这里也是佛塔最为集中的地区。

3

下午 3 点，阳光正烈，在酒店门口雇了辆马车，一年中最后一个日落当然意义非凡，尤其是在这样的地方，更是不容错过。

蒲甘地处平原，因为政府对允许攀爬的佛塔有严格的数量限制，适合看日落或日出的佛塔选择余地并不大，因此你只需要蹦出一个单词"sunset"或 "sunrise"，马车夫就能完全领会你的意思。我们之所以顶着烈日出门，是想有充分的时间随意停留。

老蒲甘除了主车道是柏油路，其他支路、村道都是泥土路，有车过往，必然灰尘扑面。若不是事先不畏炎热把自己包裹得呼吸困难，那真就是无法呼吸了。

刚进村落不久，我们偶然看到左侧院落里有座条件极其简陋的学校，急忙叫马车夫停下，然后结识了美丽清秀的 Haling Moe 老师和她的学生们。

课间休息时，我们用尽可能简单的英语交流。Haling Moe 说她出生在这个美丽的小村子里，很喜欢自己的家乡，因此大学毕业后就回来了。在征得她的同意后，我们开始拍摄。虽然听不懂他们的语言，但那些画面令人印象深刻。

村里有一座木头建造的寺庙，马车夫介绍说别看它面积不大，在当地非常受人信奉，整座建筑没有用一枚钉子，经过几次地震仍然屹立不倒。但他说了好几遍名字，我愣是没记住。

4

赶到帕塔拉佛塔时已近黄昏，此时光线越来越柔和，众多的佛塔沐浴在金色的阳光下，每一次按下快门，得到的都是色彩饱和的照片。

靠近帕塔拉佛塔，上面黑压压地挤满了看日落的人群。从东门进入，一眼看到里面正中央的立佛，也没有时间去了解它，便通过右侧低矮狭窄、陡峭昏暗的楼梯向上走——这也是登上佛塔顶部的唯一通道。上去后是一个视野开阔的大平台，四角有与墙垛相连的小塔，中央是座小佛堂，和宽阔的平台明显不成比例。

尽管人数众多，好在大多数人只是单纯地举着手机等落日，总能找到

不知名的小塔上，人们正悠闲地等待日落

一个没有遮挡的空隙，将远处诸多知名或不知名的佛塔尽收眼底。

西边低垂的云层逐渐抹去夕阳的光芒，云层之外的色彩变幻莫测，天空、大地、远山、平原、树木，以及那些蕴藏万千故事的佛塔，此时此刻都把最温柔的一面展现在世人眼前。大家静静地凝视着，沉醉其中。只是晚霞停留的时间短暂，还未灿烂绽放就匆忙离去。远处树林里有当地牧民赶着牛群回家，扬起一溜儿的尘土。游人也渐渐呼朋唤友离场，我还留有念想，心里期待日落之后的奇迹，但一片灰色的天幕令人信心受挫。正要收起相机转身离开，听到一阵欢呼声，转头一看，原本暗淡的云彩又被涂抹上一层亮丽的色彩，这一年中最后的晚霞，原来亦是和我们一样依依不舍。

再见了，2015 年最后的晚霞。

5

晚餐是酒店安排的草坪烛光自助餐，除了猪排、牛排和西兰花，实在没有对胃口的菜品。但氛围还是很好的，大家似乎也乐在其中。乐队不时地唱着抒情、欢乐的英文歌，这样的夜晚，心也跟着温柔起来。

新年倒计时为零的时候，人们相互祝福

临近 12 点，聚集在舞台前泳池周围的人越来越多。最后 10 秒钟，大家跟着电子倒计时器一起读秒，用掌声欢呼着迎接 2016 年的到来。此时，热气球的火焰冲天喷射，"Happy New Year"的歌声响起，大家唱着跳着，相互拥抱祝福，脸上洋溢着灿烂的笑容。

2016 年，来了。

虽然不是一个知名落日观赏点，但两个人的浪漫，无关地点

6

清晨 5 点 30 分出发时，天空还是黑黢黢的。

事先约好的马车夫准时在门口候着，我们刚拐上土路，就听见有别的马车嘀嗒嘀嗒晃晃悠悠而过。

2016 年的第一缕曙光，谁愿意错过？

我们选择的瑞山都塔和帕塔拉佛塔相比，只有后者一半的路程，大约 10 分钟就到了。

瑞山都塔建于 1057 年，是缅甸最著名的佛塔之一，也是蒲甘允许游客攀登上去的最高佛塔。塔基呈玛雅金字塔形，底座方方正正，塔身四面对称，向上共五层，顶层平台还有两层八角形的台基，上立覆钟形白塔，构成了结构清晰的七级浮屠。

脱鞋赤脚而上，台阶窄而陡峭，尽管途中在每一层的小平台处都歇了一两分钟，登上五层时，我还是气喘吁吁。虽然三层以上平台的视野都还不错，但人们总是喜欢站在最高处，因此五层向东并不宽敞的平台上很快就挤满了人。有几个后到的游客没有空位，刚刚试图爬上白塔塔沿，就有工作人员过来制止，最后他们只能到下一层寻找位置。

至少提前半个小时来守候真是明智之举啊！

登上塔顶时天空已经渐露红晕，远处晨曦薄雾中的塔林、树木若隐若现，恍若仙境。不一会儿，橘红色的朝阳开始探出头来，略带羞涩地照射着这片充满生机的大地，眼前的万物似乎一下子灵动起来，在瞬息万变的光影下透出勃勃生机。一群群鸟儿倾巢而出，叽叽喳喳地围着佛塔上下来回飞翔，好不欢乐。与此同时，东边天空飘来越来越多的热气球，它们缓缓绕过左前方最高的达玛扬基佛塔的塔尖，迎着朝阳而去。这是一个多么美好的早晨！一切恰如我想象中的样子。

这次来蒲甘是一次说走就走的旅行，来之前网上关于热气球的预订早已告罄，想尽办法也弥补不了。下一次我若再来蒲甘，一定是专门为它而来。或许留有遗憾，才有说服自己故地重游的理由。

等日出的光芒漫射到所有的角落，雾气渐散，数不清的大大小小的佛

手指之处，皆是佛塔。晨光初现，充满无限生机

骑着自行车于古老的佛塔中穿行，是件美好的事情

塔沐浴在晨曦之中，手指之处，皆是佛塔，端庄肃穆。很难想象，当初鼎盛时该是怎样的一种盛况。而更为难得的是，这所有的佛塔并非批量作业，它们形状各异，你找不出两个完全相同的造型。

有人陆续离开，有人骑着车进入乡村塔林撒野，有人开始腾出时间拍照留念，我数次被邀请当摄影师，帮他们定格最美的瞬间。

2016 年的第一个日出，我在蒲甘。

7

他们说蒲甘是世界上最值得看日出日落的地方之一，这话不假。据说在瑞山都塔看日落的人比日出时还多，至少得提前两个多小时去才可能有个满意的位置，我们不愿意把大好时间浪费在漫长的等待过程中，所以选择去了伊洛瓦底江畔一个不知名的佛塔。江畔的风轻轻地吹，水面上船只点点，夕阳从江对岸呈青黛色般的远山落下。倘若这里的晚霞能更加灿烂些，映红江面，那么即使不是热门地，也一样令人迷醉其中。

日出之后，日落之前，租辆马车或摩托车，随意去那些知名或不知名的佛塔走走，也是旅行中不可或缺的部分。虽然我对佛教文化一直没有深入探究的热情，却乐意以一种悠闲的态度去面对。如果契合，就恶补一下它的前世今生；如果无心，就当作一处风景好了。

在最美的阿南达寺一步三回首，在最古老的瑞喜宫塔被晃花了眼，在无名小塔上发呆晒太阳，在田野里看农民劳作……这样不拘形式的旅行，是我一直坚持的。

8

临近中午，阳光炽烈，走着走着喉咙就冒了烟。我们进入路边一家院子里开满三角梅的小店，坐下点了冰冻鲜果汁。这时，一个长得颇有艺术气息的中年男子用生硬的中文过来搭讪，他说他是当地的摄影师，并从随身携带的挎包里拿出一沓照片给我们，照片上大多是小僧侣手持蜡烛在佛像前祷告或打坐沉思的画面，色调柔和，神情应景，构图严谨，一看就是专业摆拍的水准。他表示可以带我们去现场拍摄。这些照片我以前在各大摄影网站看过，当初还"不明觉厉"，后来看多了，也就知道了缘由。

我婉言谢绝。

我潜意识里是拒绝摆拍的，尤其是经历过千篇一律的小东江老渔民的抛撒空渔网和晨烟中偶遇霞浦杨家溪老牛一家子后，这种摄影作品只能待在硬盘里。

那艺术男显然知道怎样解释才能说服人，他说其实这不能算完全的摆拍，这也是小僧侣平时向佛生活的一部分，这些照片不过是较为理想地还原了他们的生活。

我被说动了，然后下午在某两个不知名的庙宇中，我不可救药地在异域制造了一堆摆拍照片。

现在重提这件事情，我还是有点汗颜。摆拍这件事，希望到此为止。

茵莱湖上
随波荡

在缅甸的几天，我总有一种回到从前的感觉，简单，随意，美好。

从蒲甘到茵莱湖，就是从一个小机场到一个更小的机场，不过 40 分钟的航程，我们却在机场等了 3 个多小时。好吧，何建之前也说过，这里的飞机准点才是非正常事件。

这里的一切和当下的时代都不搭调——机票是手工书写的，登机牌没有名字，上了飞机随便坐，甚至托运行李时都是由工作人员手提进去。航班信息写在小黑板上，还好，工作人员记得我们的班次，时不时地过来轻声细语地告诉我们一些令人似懂非懂的信息。

下午的阳光很好，邻近海霍机场，飞机开始下降时，透过舷窗，我看到色彩缤纷的大地以及金色的佛塔，心里也就不再记挂路途中偶然的颠簸。毕竟，引擎坏掉是小概率的事嘛。

机场距离我们预订的茵莱湖景观度假村酒店约 30 千米，因为大多是盘山公路，司机开得安稳，车速很少超过 40 码，全程约 1 小时。路过一座铁路桥时，司机还主动停车带我们去路边看。桥上人来人往，不知道火车什么时候来，来了那些人会不会惊慌失措。我实在想不出来有什么看头，也就没有下去凑热闹。

酒店面对茵莱湖，从二楼房间的阳台可以看到远处宽阔的湖面。起初

色彩斑斓的大地

以为会有条小路直达湖边，但走着走着就被栅栏隔开，我努力找到一处豁口越过，之后进入一片灿烂的向日葵田。然而田地并不好走，坑坑洼洼不说，也不知道地里种了些什么，藤叶肆意生长，冷不丁就会被绊个趔趄，我只好深一脚浅一脚地跳跃着。

此时，阳光从远处的山峰里探出头来，暖暖的光影直接洒进屋内，落下满地的金黄。

早上 8 点，酒店预订的船只准时在内河码头上等候着。船夫是一个约40 岁的瘦小男子，皮肤黝黑光亮，应该是长期在湖面上暴晒的结果。

沿着狭窄的内河大约开了 5 分钟就进入宽广的茵莱湖，原本略为浑浊的河水逐渐变得清澈起来，颜色也由黄绿色转为青蓝色，呈现出高原湖泊独有的纯净。尽管天气晴朗，但空气的透明度不是很高，远处湖岸尽头一排排的山峦笼着薄薄的雾气，好似镜头上蒙上了灰，不够清爽。

柴油机船在湖面上疾驶，不时见到和我们一样乘船的各国游客，船追逐或交错时，湖面上都会溅起水花，大家也很友好，微笑着说"Hello"。不一会儿，我们就看见了茵莱湖上独一无二的景观：渔夫单脚缠绕在船桨上

售卖手工制品的当地女孩 　　　　　　　酒店附近的村子里，孩子们正放学回家

缓缓划着，一旁搁着捕鱼用的大笼子。

我们没有遇上著名的伊瓦玛水上市场。茵莱湖的农贸市场轮流在湖边的 5 个村子里举行，只有第一天会在水上。据说那时，数百条船在湖面上聚集，场面蔚为壮观。但遇到的概率只有 20%，遇不上也很正常。

于是我只能去陆上市场逛逛。我一直认为，在这样的地方才能够看到当地普通人真实的生活，因此每次我总会留出时间去体验。为了拍起照来自然顺畅，我特意找她们买一些东西，和她们聊天甚至讨价还价，这是在任何景区都无法收获的真实。

船夫有既定的参观路线，在哪个地方停留多久都是统一的，基本上和旅行团的运作方式差不多。除了景点，我们还参观了一些手工作坊，只是价格明显背离当地人民的实际生活水平，尤其是蚕丝制品，价格完全和国际接轨。无比热情的导购小姐也很聪明，看我们始终捂紧钱包，果断地将满脸笑容移到一对上了年纪的欧美夫妇面前。

Indein 村比想象中偏远，它地处河道上游，船逆水而上，要经过几段落差 1 米左右的水道。坐在船头，清风拂面，看天空湛蓝，白云朵朵，两岸植物蓬勃翠绿，舒畅极了。村子坐落在一个小岛上，有学校、商铺、市场，看上去规模比较大，生活条件也比别的地方好许多。我们到的时候刚好遇上小学生在操场上开运动会，可惜已近尾声，我还没来得及拿出相机，短跑比赛就结束了。

一个小男孩主动要带我们去村外的一处古佛塔玩，说是那里很少有人知道。我向来喜欢原始的地方，所以愉快地接受了他的邀请。

Indein 村村外的古佛塔，塔尖金光闪闪

经过一段七拐八弯的村道，然后顺着崎岖不平的山路爬上山坡，十几分钟后就见到了一座座不知年代、近乎荒废的砖混结构的佛塔。它们散落在杂草丛生的荒野之中，在蓝天白云下依然透着几分诡异。站在悬崖边，我看见对面更高的山坡上有几座金色的佛塔，在阳光下熠熠闪光。一咬牙，就屁颠屁颠地跟在小男孩后面抄小路过去。他蹦蹦跳跳如履平地，我们却气喘吁吁三步一歇。还好，登高而望，无边的风景可以使人暂时忘却来时的劳累。因为是意外的行程，来之前我并没有认真做过这里的功课，因此对它的历史一无所知。不过这也不遗憾，有些地方就是这样，来过，感受过，就足够了。

倒塌的土墙已经掩埋佛像，却似乎没有人去清理

村里另一边的佛塔是游人必到的地方，沿着长廊从山脚向上，途经半山坡，两边的土坡上遍布古老的佛塔群，大多已经东倒西歪，塔尖上面杂生着热带植物，显然废弃已久。而远处的山上，是一整排修葺一新的金光闪闪的佛塔群。因为时间关系，我们决定就在山脚拍摄。在一片灰黄的古建筑间，处处都能看到历史留下的沧桑，尽管许多雕刻精致的石雕残缺破损，外层脱落，但眉目仍然传神至极。

忽然听到一阵阵清脆的喝彩声，循声而去，原来校运动会又开始了，在另外一块简易、平整的操场上，正在进行一场足球赛。因为没有统一的

队服，只有他们自己知道谁和谁是一队的。我们饶有兴致地看了近20分钟，跟着喝彩欢呼，这短暂的时间内两队居然一共进了3个球。

据说茵莱湖上有大大小小200多个村落，人们将不易腐烂的柚木深深插入湖底淤泥中，然后在上面搭建自己的家园。大部分人逐水而居，开门见水，以船代步。

尽管湖面上木屋纵横交错，但他们也有自己的"村道""小巷"，村外还有以腐烂的植物、杂草、淤泥为基底建成的人工浮岛，村民在上面栽种番茄、扁豆等蔬菜。浮岛漂浮在水面上，可以漂移，而不用担心被水淹没。在与自然环境的相处中，人类总会用智慧解决基本的生存问题。

人们对居住的木屋的要求大都是坚固实用，因而木屋的外表几乎没有什么装饰。而对于寺庙和佛塔，人们却倾注了百倍的热情和心血。可见，在缅甸这个佛的国度，佛的地位至高无上。

茵莱湖上最知名的佛教建筑是帕瑞佛塔和波道乌寺，前者位于湖的中心位置，是茵莱湖上最精美的佛教建筑，佛塔里面的5尊佛像被善男信女们贴成了金坨子，几乎看不清当初的模样。后者就是鼎鼎有名的跳猫寺，人们甚至记不住它原来的名字。跳猫寺的外表和缅甸其他寺庙区别不大，传说以前一位老僧人在寺庙内参悟佛法时，身旁一只跳跃的小猫给了他灵

单脚划船是这里独有的一种划船方式

感。于是他开始训练寺内的 20 多只小猫跳圈，现在它们甚至可以排着整齐的队，依次跳圈，非常可爱。只是我们去的时候猫儿全都懒洋洋地躺在阳光下，不是在睡觉，就是在打哈欠。传说没有得到证实，依然还是传说。

揣着时间等候日落，这是一天中最为温情的时刻，但我们似乎也没有其他更好的选择，只是开着船满湖跑，去寻找茵莱湖上最为独特的风景——单脚划船捕鱼的渔夫。这是生活在这片水乡泽国里的茵达族人的习俗。他们认为用脚划船速度快且不费力，另外又可以腾出手来撒网、抛叉，一个人就可以轻松地在船上作业，事半功倍，因而打小就练熟了这项技能。外人看来复杂，但在他们眼里，这是最为稀松平常的事情了。

渔夫们通常清早或傍晚出来捕鱼，现在因为我们这样的游客的到来，他们开始知道如何在最好的光影下充分表现自己。我愿意尽可能地还原他们平常真实的状态。幸运的是，我们看到了渔夫真正捕鱼的场面，那是一种源于生活的写实，自然、淳朴。

黄昏的茵莱湖雾气霭霭，水面平静温柔，远山如剪影一般映出简洁的线条。夕阳落到山的那一边，留下一片无比柔和的色彩。暮色渐浓，渔人摇摇晃晃地划着小船回家，这才是茵莱湖最美的生活画卷。

夜幕降临之前，渔民纷纷回家

有时累了，他们就在船头抽一口烟。远处，夕阳西下

沙巴印象

1

　　飞机靠近沙巴州州府 KK（即哥打基纳巴卢，又译作亚庇，马来语为 Kota Kinabalu，简称"KK"）的时候，从右舷窗望出去，基纳巴卢山高耸入云，气势非凡。

　　基纳巴卢山被马来人称为"神山"，海拔 4095.2 米，且仍以每年 0.5 厘米的速度在长高，是东南亚第五高的山峰。

山路弯弯，云雾缭绕

2

晚上 9 点整，世界杯比赛准时举行，对阵双方是阿根廷和冰岛，房间电视上的几十个频道中居然没有一个有直播，这让我十分失望。打电话问前台，她们也颇感诧异，之后一个服务员在我房间里鼓捣了半天，一无所获。最后他双手一摊说，二楼酒吧有大投影屏，好多客人在那里看呢，很热闹。

好吧，我又没有选择的余地。

在酒吧里看球赛的人还不少，两块大屏幕前的小桌都有人占用了，大多是欧美人，人手一瓶啤酒。此时比赛已经开始近 20 分钟，阿圭罗刚刚为阿根廷队进了球，大家都很兴奋，喝彩连天。爱看球的人都喜欢热闹，我得到一个角度不错的位置，还没等服务生把我点的矿泉水送上来，冰岛队也进球了。

从喝彩声中不难断定，这里几乎都是一边倒的阿根廷球迷。下半场梅西的点球未进时，全场一片叹息声。

全场比分 1 ：1，悻悻然上楼睡觉。

睡觉之前，稍加犹豫后给华仔发了一条微信语音：明天行程照旧。

3

3 点 45 分的闹钟准时响起，强忍困意起床洗漱，15 分钟后准时到楼下，外面正噼里啪啦下着雨。

华仔迟到了 5 分钟，车路过水上清真寺，暴雨倾盆，间或电闪雷鸣，雨刮器开到最快挡，视线仍然模糊。

大约向前行驶了 20 分钟，雨渐渐停了。透过车窗，我惊喜地看到了天空中的点点繁星。华仔说，沙巴的天气就像他女朋友的脸，说变就变。他后来给我看他女朋友的照片，那是一个年轻的女孩，笑起来一脸的阳光灿烂。

4

车子顺着蜿蜒的山路行进，打开车窗，清晨的空气无比清新，大口大口呼吸着，倦意渐消。

晨光熹微，山色空蒙，云雾缥缈，一路上走走停停，恍若行走于仙境之中。

日出的光芒逐渐漫过基纳巴卢山，云雾肆意弥漫在山林间，不时有车辆疾驰而过。无人机的视角下，每一个角度都令人赞叹。

牺牲一早的睡眠，换来一个云雾缭绕、光芒万丈的日出，值。

5

2000 年，基纳巴卢山公园被列入世界自然遗产名录。它有极为丰富的生态资源，从热带雨林植物到寒带针叶松，层叠分布。

在集镇上的一个小弄堂里和当地人一起用过早餐后，接下来的时间，我们只是游客。

沿着山路驱车直接前往森林公园内最高的观景点，下车时我不由自主

即便在晴朗的天气里，想要见到神山真面目还得靠缘分

地紧了紧衣扣，却仍然感到丝丝凉意。透过松涛，我看到远处悬崖上挂着一条细长的瀑布，虽然没有天使瀑布那么惊艳，我心里还是有些许感动。

公园内有一处可以欣赏风景的度假村，从外部的建筑设施来看应该还不错，也许下次有机会再来，我会选择在这里住上一晚。

貌似惊险的树顶吊桥，其实很安全

下一站是波令温泉，这里的当地人甚多，大多是一家子前来，有人泡脚，有人泡全身。就连暴露在阳光下的池子，亦是人声鼎沸，熙熙攘攘。

树顶吊桥需单独买门票，就连相机、手机都要另外收费。我不是第一次见到这类吊桥，一般情况下，它都建在笔直、高大、粗壮的大树之间。质地坚韧的网绳、钢索连接着窄窄的木板，大家都晃晃悠悠地走过，并没有传说中的战战兢兢、哭天抢地，论惊险程度远没有清迈的"丛林飞跃"高，论距离也比不上勐腊望天树 2.5 千米长的"空中走廊"。只是不知道到底哪一处的历史更加悠久，谁借鉴了谁。

接着我们去了高山奶牛场，去那儿的车辆还真不少。许多人排队买鲜牛奶、牛奶冰激淋，不可否认，味道还真不错。但华仔说超市也有出售，价格相差无几，看来凑热闹是世人的共性。

6

下午下山往左，直接朝着卡瓦方向开去。

沿途青山绿水，恍然间以为在福建山区。

在卡瓦海滩上

下午 4 点 40 分到达卡瓦海滩的时候，太阳还在老高的位置，时而羞涩地躲在云层里探头探脑，偌大的海滩上并没有其他游人。这时候离日落还

人们在海滩上等候一场绚丽的日落

有将近两个小时的时间，华仔索性赤膊坐在车后备厢用手机煲起剧来。

当时我并不能确认那天是否会有好运气，不过天空中不太厚实的云层给了我很大的希望。天气预报说那天天气晴朗，起初我还真的担心是个万里无云的光板天。

我不知道华仔为什么喜欢把这个地方称为"卡瓦卡瓦（Kawakawa）"，我所查到的所有资料显示的都是"卡瓦（Kawa）"。我没有较真细问，转而想或许跟沙巴首府KK的简称有关吧，读起来倒也蛮顺口的。

漫无目的地沿着左侧的海滩行走，临近岸边有幢被废弃的木屋，爬藤类植物一直从院子里蔓延到海滩上，间杂着淡紫色的好看的小花。我想，要是在这里开个客栈，那真的就是海子理想中的"面朝大海，春暖花开"了。

再往前是一片小树林，走进树林才发现，林中的树木上还结着野菠萝。一查，此果有很好的药用价值，直接食用却可能中毒。

医院太远，我没胆尝试。

花了大约20分钟走了一个折回，我发现海滩上有一对年轻的夫妇正在认真地给蹒跚学步的孩子拍照。我也支起三脚架，以泊在海滩上的船为前景，延迟拍摄。但没等结束，有三个准备出海捕鱼的男子就走进了我的镜头，原来其中一条作为前景的船，正是他们的交通工具。

于是他们仨就成为我的模特，他们也很热情地配合着，对着无人机招手微笑。太阳还没落到海面上，他们已经越过一片波光粼粼的海面，渐渐成了遥远海面上的一个黑点。

下午6点，似乎一转眼海滩上就冒出了许多前来看日落的游人，原本寂静的海滩一下子喧闹起来。

卡瓦海滩上的日落果副其盛名。尽管那片我寄予厚望的金灿灿的云彩在没变红之前就直接灰了，但这样柔和的黄昏，确实很温情。

红树林中的小精灵

大约10分钟车程外的卡瓦红树林中，住着数以万计的蓝绿色小精灵。

似乎，去红树林看萤火虫早已成为来沙巴一个不可或缺的旅行项目。当然去过之后，你会发现这长达4个多小时来回程的辛苦是完全值得的。

本来，萤火虫的活动是和长鼻猴捆绑在一起的——日落之前看长鼻猴在林中飞跃，天黑后欣赏萤火虫发出的闪闪光点。但我对长鼻猴没有多大兴趣，我宁愿在附近的海边守候一场瑰丽的日落，然后不慌不忙地回到红树林码头。

记忆中对萤火虫的印象还停留在孩提时，乡下夏日星光漫天的晚上，好奇的我们总喜欢用玻璃杯装在树林中抓来的萤火虫，然后津津有味地看它们在黑暗中明明灭灭，却忽略了这幼稚行为给它们造成的不可逆的伤害。长大后去了城市，关于萤火虫的记忆越来越模糊，直到前几年的一个晚上，我们开车从开平碉楼回市区，路过田野，看见许多萤火虫飞舞着，不禁放慢车速，感受这难得的温柔时光。

在沙巴，一年到头都是夏季，都可以在红树林里看到萤火虫。一般来说，只要月黑风高，天不下雨，都是和萤火虫邂逅的好日子。人们选择的地方大致有三处——韦斯顿、克里亚斯、卡瓦，前两处比较知名，旅行社组织去的人也多，但网上有人推荐说其实卡瓦的萤火虫最多，生活在亚庇的华仔也这么认为。

来之前我联系华仔说想要单独租一条船，并且希望可以找一处浅沼泽地来搁置三脚架进行拍摄。如果在船上，势必会晃动，根本无法完成长时间曝光。

我们等大部分游客回程后才出发，天色黑暗，繁星和眉月点缀着美丽的夜空。显然，这是一个非常适合观赏萤火虫的夜晚。

船离开灯光昏暗的码头，驶向未知的前方，那里有星星缀满黑夜。两岸长满了密密匝匝的红树林，那叶子正是长鼻猴、短尾猴赖以生存的食物。据说，河里有许多鱼儿，也有鳄鱼出没。远远看去，树上星星点点地闪烁着，如同一棵棵巨大的挂满彩灯的圣诞树。

船上的小伙儿用手捂着手电筒，一张一合地释放着微暗的亮光，华仔说他是在模仿母萤火虫求偶时发出的光芒。果不其然，树上的萤火虫似乎得到了召唤，纷纷朝我们的船飞来，我一伸手，就有萤火虫停在手心。

此时，成千上万的萤火虫在树林中、水面上飞舞，在漫天的星空下画出一道道梦幻般的弧线。那场景太美，是我穷尽文字也无法准确描述一二的震撼。我想，传说中的童话世界，也不过如此。

没多久，船夫把船小心翼翼地靠在邻近岸边的一处树林前，他让我支起三脚架试一试深浅。我简直有点迫不及待，还好，在泥土中找到支撑点并不难，只是黑暗中我差点没拧紧快装板。而最令我担心的是，海边的延迟拍摄使得相机电池只剩下最后一格，我不确定它会不会随时罢工。

拍摄的过程还算顺利，每张照片拍摄时间是 30 秒，缓冲 30 秒，我几乎没有间断，分别使用带来的 3 个不同焦段的镜头，更换了两处相邻的差别不太大的位置。之前我并没有研究过拍摄萤火虫的方法，只是想当然地参照拍摄星空的模式，预览效果相当不错。而在此期间，小伙儿帮我不断引诱萤火虫飞舞起来，在慢门下汇成梦幻又独特的画面。

离开时，云层忽然增厚，星空逐渐暗淡。沙巴的天气总是令人捉摸不透，今天凌晨 4 点出门时还下了一场电闪雷鸣的暴雨。

夜晚红树林中的萤火虫如同童话中的小精灵

遇见槟城

从东马沙巴飞了近 3 小时到西马槟城，温度一下子上升了四五度。和沙巴扑面而来的凉爽不同，一下飞机就明显感受到来自热带的燥热。

接我们的司机老梁是个华人，今年 60 岁，是第四代华人移民，祖籍福建泉州。他说在马来西亚，像他这样年龄的人大多还在工作。老梁比较健谈，得知我们第一次到槟城，一路上向我们介绍槟城的情况。他说，槟城包括我们现在所处的槟榔屿岛和大陆上的威省，人口为 180 万左右，其中华人和马来人各占约 40%，华人相对占比多一点，主要来自中国福建和广东，其余的是印度人、印尼人等。尽管华人对马来西亚的经济有重要影响，但政治上马来人还是占绝对优势地位。不过槟城是个例外，它是马来西亚全国 13 个州中唯一一个由华裔担任州长的州。

我们住的爱情巷 23 号是一家很有艺术气质的客栈，房间不多，细节上却做得很用心。爱情巷是一条不过数百米长的小巷，据说以前这里住的是殖民者，他们认为从这条巷走出去就可以看见大海，因此这里是一个适合海誓山盟、共筑爱巢的地方，于是将其命名为"爱情

爱情巷两边的楼房多是年代久远的骑楼

巷"。如今，这条小巷是背包客的天堂，这里集中了很多背包客栈、咖啡小屋和各种小吃店。浪漫温馨的氛围，加上颇有历史传统厚重感的建筑，倒也让爱情巷名副其实，成为槟城乔治镇最为浪漫的地方。

爱情巷的这幅小女孩涂鸦，几乎占据了整面墙

　　小巷两边的楼房多是年代久远的骑楼，这种建筑和中国广州、厦门一带20世纪30年代的老建筑极为相似。午后，踩着阳光的碎片在街上漫无目的地走着，无论是伸懒腰的花猫还是在街边喝咖啡的金发美女，都是一道很有味道的风景。而这些风景，在乔治镇的寻常巷陌就能见到，一转角，便有令人似曾相识的感觉。仿佛自己是走在了旧时光中，或是某一部电影的场景中，生活忽然就这样慢了下来。也许，习惯了城市繁华的人可能会嫌弃这儿太过狭窄的巷子、过于破旧矮小的房屋，但我却打心眼儿里喜欢这里安静祥和的氛围。我甚至感到幸运，因为我能亲眼所见、亲身感受，一遍又一遍地重复记忆中那种恬淡的美好，更因为我能很轻易地融入这里的生活，做一个快乐的闲人。其实我们都应该感谢槟城，这个古老的城市里很好地保留了很多中华文化的元素，并让它们隽永地存在着。

　　我对槟城最初的想象源于立陶宛艺术家 Ernest Zacharevic 的一幅街头涂鸦：斑驳的墙面上，一对天真烂漫的姐弟骑着脚踏车快乐地驰骋。弟弟坐在后座，双手紧紧搂着姐姐，张大嘴巴，闭起眼睛嘶喊着，表情夸张有趣，陶醉在飞驰的脚踏车带来的刺激快感之中。巧妙的是，这并不是一幅完整的画，脚踏车部分只画了右把手，墙边另倚着一辆破旧的没有右把手的脚踏车，虚实结合，互为整体，惟妙惟肖，立体完美。

　　在当地一个小女孩的建议和指引下，我们骑着自行车前往亚美尼亚街寻找这幅涂鸦画。由于所在位置不算明显，我们第一次居然错过了。

正是立陶宛艺术家 Ernest Zacharevic 的这幅
街头涂鸦，给槟城增加了不少知名度

许多涂鸦都能和现实形成很有趣的呼应

人们在各种涂鸦下玩得不亦乐乎

许多人跟我们一样，直接奔着这幅画而来。然而现场看，感觉它比想象中显得寒酸一点。如果不是因为这幅画，这样的地方很容易被忽略过去。但因为画面本身非常生动，许多游人运用创意和视觉上的错位，进行互动式再创作——有人假装被撞飞，有人貌似骑车在追赶，有人揪起小男孩的耳朵，有人扮演灰太狼跟在姐弟后面吓人……大家以各式各样具有搞笑效果的方式来显示自己的欢乐。我们也参与进去，以自己的方式表达对艺术家作品的认可。街头涂鸦的意义已经不再局限于画得好看了，这样的互动才是它的魅力所在。

其实，画面上的小姐弟并非 Ernest Zacharevic 创造出的虚拟人物，姐姐名叫"陈一"，时年 5 岁，小弟弟名叫"陈肯"，时年 3 岁，他们是定居在槟城的室内设计师陈景元的孩子。天真快乐的画面也是真实情景的再现，Ernest Zacharevic 只是忠实地把他们那时的欢乐定格。而正是这种基于事实的创作，才更容易引起大家的共鸣。当年，年仅 25 岁的 Ernest Zacharevic 原本也只是在槟城背包旅行，却因为这个机遇留了下来，并在这里开启了自己的艺术事业，同时也赋予了槟城特殊的生命力。

Ernest Zacharevic 作为槟城乔治镇镜

像计划的官方邀请参与者，在老城区里创作了许多有趣的涂鸦作品。除了姐弟骑车，还有骑摩托车的小男孩、爬墙偷可乐的小孩、荡秋千的小兄妹、功夫女孩、歇息的三轮车车夫等，他用街头涂鸦的方式把槟城的另一面介绍给了世界，同时也吸引了更多的绘画高手们来此挥洒想象——这里的街头涂鸦从最初的十几幅发展到今天的上百幅，内容也各式各样，有各种卖萌的猫咪、可爱的小黄人等。槟城人把其中一些重要而知名的作品标注在免费地图上。但即使这样，还有不少涂鸦好像是故意安排在边边角角，我们也因此走了不少回头路，不过还是乐此不疲，把地图上标注的作品逐一走遍。

槟城许多巷子的名字也极具诗意

涂鸦文化遍布槟城的大街小巷

最初，人们来槟城是为了寻找美食。槟城被评为世界文化遗产之后，人们便喜欢去古城区走走。现在，人们到槟城，还多了寻找街头涂鸦艺术的乐趣。

当街头涂鸦艺术成为一个城市的名片时，这真是这个城市的一大骄傲。喜欢槟城可以有很多种理由，但这一点是不可或缺的。

槟城的另外一个看点是列入世界文化遗产名录的姓氏桥，也就是离爱情巷不远的海边上一片又一片用木头搭建而成的高脚屋。这些房屋里住的

槟城的华人仍然保留着传统的春节舞狮活动　　　　他们挨家挨户送去节日的祝福

是清一色的华人，他们来自中国福建，移民到这里后延续了在老家的生计，祖祖辈辈以海为生。同乡同姓的乡邻最为亲密，他们聚在一起相互照应，一起建造屋舍安定下来。随着人口的不断增加，因为陆地上没有可用地，他们只好逐渐将活动范围向海里延伸，渐渐便形成了桥一般的屋舍巷道，因而取名为"桥"。这些建筑建造时都是先在近海中立桩，初时为木头，后来用水泥柱，桩上再铺设木板，木板上架梁盖屋。这里的每一根木桩、每一条绳索都是历史的见证者。因为是以姓氏来划分集群，于是这里便形成了姓王桥、姓李桥、姓周桥、姓杨桥、姓林桥、杂姓桥等一个个村落。其中姓周桥规模最大，长度超过 300 米，共有 79 户人家。这里还曾经是小清新电影《初恋红豆冰》的外景拍摄地，片中巫启贤扮演女主角的父亲，他们的家就在此处，这里的知名度因此迅速攀升。来之后我特地又将这部电影看了一遍，身临其境的感觉甚是亲切。

槟城那些可爱的街头涂鸦艺术也向这里延伸，主题、内容都和渔家生活有关。令人惋惜的是，由于雨水冲刷和海水侵蚀，色彩艳丽的墙绘留存的不多，只能从当地人出售的纪念卡片上寻找到它们最初的模样。

夜幕降临，华灯初上的时候，姓氏桥边的夜市也开始热闹起来。我坐下喝了一杯当地驰名的白咖啡，口感相对清淡。然后又叫了一碗肉骨茶，肉多却不油腻。

槟城这个地方，来了，就不想走了。走了，又开始怀念。

规模最大的村落姓周桥入口处的涂鸦生动俏皮

海上巴瑶，
一起跳舞吧

1

向导阿宝举着纸牌在酒店门口接我们时，我端详了半天，愣是没能把眼前的她和她的微信头像对应起来。

汽车缓慢穿过热闹而嘈杂的仙本那街道，小摊小贩的肆意扩张使得原本就不宽敞的街道更加狭窄拥挤，路旁清真寺里传出的祈祷声绵长悠远，局外人根本无法了解其中的深意。清晨的阳光洒落在流光溢彩的寺庙穹顶上，灿烂夺目。

小镇码头的港口比想象中更加混乱不堪，空气中弥漫着鱼腥、泥土等各种味道。我暗自庆幸，还好我们昨晚没有选择住在这里。

早上等待出海的船只很多，不时有船进进出出挤在一起，港口看似一派繁忙的景象。实际上出港效率很低，每个人似乎都漫不经心，船老大领取一份出海文件居然花了20多分钟。

阿宝看来在这一带混得很熟，除了一眼就能分辨出来的游客，来来往往的都是她的熟人。她用中文或马来语和他们开玩笑，爽朗的笑声特别霸气。

"你猜猜我今年多大了？"阿宝突然转头问我们。

"22？"

每一个住在海上的巴瑶族人，似乎在娘胎的时候就已经学会了划船

她摇了摇头。

"20？"

说真的，我没什么把握。不过猜女孩子的年龄，我宁愿往小的靠。

"差不多啦，我 1999 年的，下周我过 19 岁生日。"

好吧，提前祝你生日快乐。热带炽热的阳光蒙蔽了我的双眼，我承认我输了。

2

刚出港口，开船的小伙儿就开足马力，船飞快地往前冲。我明显感觉船体一起一伏，只是稍微贴在海面上，随时可能飞起来。因此也没法嫌弃又脏又湿的救生衣，只能认真系好。

开了大约 40 分钟，便看到宽广的海面浅滩上由木头建造的巴瑶族的木屋村落。

我们的船还没有靠近村落，就有许多孩子划着叫"lepa-lepa"的小木舟迅速靠拢，他们两人一船，动作熟练，我甚至还来不及举起相机，他们就已靠到我们的船边。

接下来发生的情节完全符合阿宝事先描述的蜂拥而上的场面，我们虽然事先备了不少糖果、饼干、巧克力、方便面等食品，哪知全村也就大约20幢木房子，孩子却源源不断而至。有的孩子调皮，明明刚拿了东西，转头绕了一圈又伸手过来，若不是

有时，她们对外面的世界也会憧憬和向往

另一只手上拿的东西出卖了他，还真不好发觉。

这样再多的东西也不够分，好在此时又有其他游客的船过来，已经获得食品的孩子瞬间掉转方向，朝他们而去。

3

"巴瑶（Bajau）"在印地语里是"海上之民"的意思。巴瑶族是一群以海为家的原住民，生活在马来西亚、菲律宾、印度尼西亚之间的海域，靠捕鱼为生，很少踏足陆地，生活方式极为原始，因此被称为"海上吉卜赛人"。

随着旅游业的发展，他们的生活状态被摄影人以诗意的方式广泛传播，一度被解读为自由自在生活在无忧无虑的美丽天堂之中。而现实情况是他们依然贫困，没有国籍，没有政府，没有教育，没有医院，生活在卑微的社会最底层。

如此，拥有再美的风景又如何？

4

第二站麦加岛更是商业化，一拨拨游船来了又走，岸边上聚集着大量的原住民，乌泱乌泱的，迎来送往，等待人们的施舍。我颇感失望。

我跟阿宝说，接下来的行程我们不去了，我还是想回巴瑶族看看。刚才我们充其量只是路过，我想去他们家里坐坐。

我一向认为，行程中与当地人沟通交流，才是我想要的旅行方式。

阿宝对我的想法颇为不解，船老大则乐得省了旅途奔波和油钱，自然没有意见。

海上巴瑶族是仙本那推出的跳岛一日游的第一站，由于一日游打包安排了好几处景点，行程紧凑，游船都是早出晚归。因此等我们午后回到巴瑶族村，这里已经归于宁静，我们的船缓缓穿过海上小木屋，没有一个小孩划船过来索取食物，更别提先前的热闹场面了。

阿宝和靠村口的一户人家说明了我们的来意，她们抿嘴笑了。或许，在这之前，没有游客有过这样的要求。

我们顺着插在水中的木梯爬上平台，平台似乎不怎么结实牢固，人走在上面吱吱呀呀作响。木板也参差不齐，之间的空隙有巴掌大小。外围没有栏杆，两三岁大的小孩和哥哥们在上面嬉戏追逐，大人也不担心会出意外。也许在她们眼里，小孩本身就是属于大海的，即便失足，捞起来就好

毕竟是孩子，面对镜头自然流露出天真的一面

"我们一起跳舞吧！"我用手机音乐给她们伴奏，她们很快便找到了节奏

仙本那港口的黄昏，漫天的晚霞令人迷醉

了。几个七八岁的孩子在不远的水域不知疲倦地打着水仗，更小一点的孩子，则抱着木板随着波浪的起伏自在地漂浮着。

房间是一个大通间，大约有 30 平方米，没有卫生间，没有床。电视机算是家里唯一的电器，但据说每天只有几个小时有电。房间里吊挂着两张简易的婴儿布床，一个才几个月大的婴儿正在里面熟睡。

白天，男人们都外出捕鱼了，留下的都是女人和孩子，我粗略数了数在家的人，大约有 10 个，至少来自两个以上的家庭。很难想象，夜晚，等所有的人都聚集起来时，他们是如何在这么逼仄的空间内和平共处的。

这个问题，我几次想开口让年轻的阿宝帮我问问，最后还是觉得不妥，咽回去了。

5

午后海风轻轻吹，我们倚着墙板时而打个盹儿，时而有一搭没一搭地和主人家的三个大一点的女孩鸡同鸭讲。即便语言不畅，在欢乐的气氛中，

彼此的距离还是渐渐拉近了。说到开心处，她们会肆无忌惮地在我们眼前哈哈大笑。

这样过了一个多小时，忽然，她们中年龄最小的女孩对着我们提议说："Dancing？"

"Dancing！"我以为我听错了。

"Yes，we want to dance, you together."说完她们仨站了起来。

尽管她们的英文我大都没听懂，但这回我听明白了。我们倦意顿消，连忙拿起相机和手机，拍了录，录了拍，感觉手都不够用。

我不确定她们跳的是什么舞，应该和她们的民族有关，但好像和我们

这片海，我想和他们的游泳池并无二样

的也差别不大。同伴还开了手机音乐给她们伴奏。显然，双人舞的默契度比三人同舞好多了，跳着跳着，在她们的一再邀请下，我也加入其中，爽朗的笑声令人感到自然亲切，弥漫在整个村落的上空。

阿宝说，她是第一次看到原住民和游客这样互动。许多游客来了，派发完食品、拍完照就走了，只有我们愿意坐在这里无所事事地打发时间。而正因为如此，我们才有和常人不一样的意外收获。

有些人，有些事，虽是不经意间经历的，却往往会成为你行程中最闪光的亮点。

遇见最美的康提

虽然有许多人聚集在寺庙里，但安静有序

早餐的时候，酒店的服务人员微笑着说，你们真是太幸运了，前几天一直在下雨，整个康提城都笼罩在云雾之中，什么也看不到。今早有了阳光，云雾缭绕，眼前的景色如同仙境一般。你们现在看到的是最美的康提，毫无疑问！

回想起昨晚摸黑上山的时候，道路狭窄且迂回曲折，风雨交加又饥寒交迫。我心里不禁犯嘀咕，好好的山下酒店不住，本来早就可以吃晚餐了，这么千辛万苦地住在山上有意义吗？

直到坐在酒店全景套房的客厅里喝着热腾腾的普洱茶，看着山下万家灯火闪烁，有云朵若隐若现飘过，所有疲惫一扫而空，才庆幸上了山，享受到如此美景。我心想，明天会有云海，会有日出吗？

一切完美如剧本，凌晨5点45分闹钟响起，第一时间拉开窗帘——这

渐渐地，云雾散开，露出一些较低矮的房屋

就是我想象中的美丽世界啊！顾不上洗漱，把试图睡懒觉的人叫醒，便开始忙碌起来。

每一分、每一秒，云雾都随着光线、温度、风力不断地变化着，城市忽隐忽现地沐浴在仙境之中。远处的山、近处的树、翱翔的鸟儿、飘荡的云雾，所有的存在似乎都是一种恩赐，大自然赐予我们一场完美的视觉盛宴。

这一天清晨美好的际遇弥补了之前一路上连绵不绝的雨水带来的所有遗憾。

康提是斯里兰卡第二大城市，城区海拔 500 米，依山傍水，风景秀丽。作为斯里兰卡最后一个王朝的古都，康提城中保留了一些王室建筑和有异国风情的殖民建筑，且以佛教圣地闻名于世。

历史上的康提曾被辛加人的祖先统治长达 2500 多年。1592 年斯里兰卡定都康提，16 世纪至 17 世纪，康提曾一度被葡萄牙及荷兰殖民者占领，但仍一直保持着独立的地位。1815 年，英国人占领了锡兰（斯里兰卡的旧称）的全部国土，结束了康提王朝的统治，也结束了康提作为首都的命运。之后，康提一直保留着它作为斯里兰卡宗教中心的地位，是佛教徒们朝圣

点油灯的小女孩一脸的认真虔诚

的地方。

　　如今的康提是斯里兰卡最吸引人的城市，是旅游者最钟情的地方，几乎所有去斯里兰卡的游人都会去康提。1998 年，联合国教科文组织将康提列入世界文化遗产名录。

　　康提城中心的康提湖是个巨大的人工湖泊，是人们避暑乘凉的好去处，它原本是一片绿油油的稻田。湖边长满了热带的花草树木，郁郁葱葱。

　　著名的佛牙寺就在康提湖湖畔，传说在 4 世纪，释迦牟尼的佛牙被迎到斯里兰卡，供奉在这里，成了斯里兰卡的国宝，寺庙也因此而得名。

　　这一建筑主要建于 1687 年至 1707 年和 1747 年至 1782 年两个时段，原是康提王宫的一部分，建在高约 6 米的台基上，主体建筑是一座三层大殿。全寺厅堂套厅堂，结构复杂，其中主要有佛殿、鼓殿、长厅、大宝库、诵经厅等。虽然算不上高大雄伟，却也庄严肃穆。康提湖映衬了佛牙寺，而佛牙寺又点缀着康提湖，两者交相辉映，完美和谐，构成了康提古城最美的一道风景线。

走过护寺河上的桥，沿着石阶顺着人流向上，穿过有着色彩斑斓壁画的门廊，便进入了中心大殿。这是寺院最重要的建筑，当年国王正是在这里召见外国使节的。整个建筑为木质结构，由64根巨大的木柱支撑，所有的木柱、梁架上都雕有精美的图案，是斯里兰卡历史与建筑艺术的缩影。大殿内有石雕、木雕、象牙雕、金银饰、铜饰、赤陶等各种装饰，墙壁、梁柱、天花板上布满了彩绘，整个大殿金碧辉煌，被认为是康提艺术的博物馆。

我感兴趣的是里面许多精美的巨大象牙，从其颜色的泛黄程度看，它们年代久远，价值无法估量。据说这些象牙是拥有者自愿供奉给佛牙寺的，救赎或放逐，其目的不得而知。整座寺庙里最为神圣的地方是二层内殿专门供奉佛牙的佛牙室，这里也是人群最聚集的地方。信徒们排着迂回的长队，默默地等待朝拜装在一个八角盒中的佛牙。他们双手合十，向着暗室的方向慢慢挪动着，嘴里念念有词。小小的殿堂里挤满了人，却丝毫不嘈杂，反而有一种庄严和肃穆之感。或许只有身临其境，才能感受到那种由信仰带来的强大的力量和气场。

倘若一个人没有信仰，是不是很悲哀？

佩文说，康提每年在七八月间都会有一次佛牙节，那时的佛牙寺人山人海、热闹非凡——至少有100头衣着华丽的大象和1000多名舞蹈演员、鼓手、绅士由寺院的管理人带领，连续10天在大街上游行。我能想象那激动人心的狂欢场面。我有故地重游的习惯，想到这里，我不禁希望下一次能在佛牙节里来凑个热闹。

佛牙寺主殿内色彩斑斓的壁画长廊

中心大殿的大象牙气势非凡

晨光初现，云雾瞬息万变，美不胜收

暹粒六日

他们说，暹粒这地方安排三天的时间就足够了——第一天新奇，第二天习惯，第三天审美疲劳。

可是，在漫不经心地转了四天之后，我才发现六天的时间都不够用：小吴哥每一天的日出都有不一样的惊艳之处；崩密列完全值得你在第一缕阳光穿过茂密的树林之前抵达；比粒寺的日落我看了四次也不厌烦；《古墓丽影》的经典场景在塔布隆寺逐一呈现……我也说不清，为什么要刻意放弃传说中最美的巴肯山日落，是不喜欢在炎热的天气中挤入蜂拥的人群，还是想给自己下一次故地重游留一个完美的理由？

巴戎寺中雕像的笑容被世人称为"高棉的微笑"，这也是世界上最美、最宁静的微笑

巴戎寺，高棉的微笑

我最喜欢巴戎寺中雕像上被世人称为"高棉的微笑"的笑容，这也是世界上最美、最宁静的微笑。

巴戎寺与其说是一座寺庙，不如说是一座石头山，远看如金字塔般峰峦挺立，四周有高大挺拔的树木映衬，气势恢宏。稍稍走近一些，可以看到巨石上刻着佛像的面容。顺着陡峭的石阶小心翼翼而上，到达最高处，坡度渐缓。顺着环绕石头山最高峰的石板路前行，猛然发现自己已经被一张张巨型佛脸包围。无论从哪一个角度，抬头看，俯瞰，或者平行而望，总能看到一张张微笑的脸——低垂、和顺的眉眼，宽阔、笔挺的鼻子，饱满、厚实的嘴唇，历尽沧桑却始终浅笑着。在清晨柔和阳光的照耀下，似乎有一种莫名的力量直抵内心。这时候，世间的一切都是那么安详、平和。

在这里，每一个角度，抬头看，俯瞰，或者平行而望，总能看到一张张微笑的脸

书上说，巴戎寺的外观和吴哥窟类似。但实际上，它是一座佛教寺庙，以佛教中代表最高境界的须弥山为样本建成。据说一共有54座四面佛、216张佛面，没有一张重复。当然，我也没有无聊到去验证的地步。

入口两侧的图书馆遗址显得颇为沧桑厚重，要上去并不容易，台阶陡直得几乎没有斜度，宽度也不到10厘米，即使手脚并用也依然战战兢兢，但上去以后就会发现这是值得的。其实小吴哥许多寺庙的台阶都设计得这样难以想象，有些甚至令人感觉是一场巨大的考验。但或许这就是高棉人的一种信仰，只有千辛万苦甚至经历危险抵达了，才能确认信仰在人们心

小吴哥的建筑保存较好，历经千年，许多
老建筑仍然巍巍而立

中的分量。

我们现今看到的每一张微笑的脸，本身就由一种无穷的力量支撑着，一瞬千年。

小吴哥，佛光照耀之地

去暹粒，几乎没有人会错过经典的小吴哥日出。这里号称是"全球十大最美日出观赏处之一"，每天总是吸引着无数游人蜂拥而至。

他们说，小吴哥的每一个日出都不一样，去了就别睡懒觉，尽可能每天都去，一定有收获。这一点我深有同感，我一共去了三个早上，各有各的精彩，每次心里总会为不同肤色的人的巨大热情所感动。但给我印象更深刻的却是那里的蚊子，无论用何种防范措施——涂抹防蚊水或不惧炎热把自己裹得严严实实，结局还是一样悲惨。

尽管如此，这里还是值得一再朝拜，当初升的太阳冒上塔尖时，来自心底的欢呼喷涌而出，真实而不矫情。十几个世纪时光荏苒，小吴哥静静伫立在这里，不知见证了多少这样的唯美时光。

小吴哥的范围不太大，逛一圈大约 1 个小时。历经千年，里面的许多建筑仍然巍巍而立，足见当年繁盛时期的辉煌。围绕着它，一定也有许多刀光剑影、缠绵悱恻的英雄爱情传说，但这不是我所关心的。只是有那么一个故事，令我不胜唏嘘：1973 年，一对法国新婚夫妇到此度蜜月，在通往神圣的尖顶宝塔的陡峭台阶上，妻子不慎失足滑落，不幸身亡。几年后，丈夫为了纪念妻子，捐钱在这里修建了木梯。从此以后，木梯通往的地方是天堂。每天，许多人通过木梯站到最高处，他们可曾记起这段凄美的爱情？

小吴哥的每一个日出都值得期待

塔布隆寺，见证自然的力量

　　看过《古墓丽影》的人都不会忘记漂亮迷人的女主角安吉丽娜·朱莉在塔布隆寺内的惊天一跑。从此，我对这个神奇又神秘的地方留下了深刻的印象。

　　我们到的时候已近傍晚，那时游人渐散，暖暖的阳光笼罩着这个荒废的寺庙，巨石古树盘绕交错，四周寂静无声。看着眼前的一切，我们除了对大自然的力量感到敬畏，

电影《古墓丽影》中的场景真实再现

就只能感叹岁月流转的无情。人类以为用巨石建造的宏伟寺庙能够存续千年，但其实哪怕只是一粒微小的种子，在时间的长河中也能爆发出不可小觑的力量，对石构建筑产生巨大的影响。

司机阿伦说，《古墓丽影》中的地下场景是虚构的，而地面上的一切却是原汁原味的。也是，在这样一个地方，根本无须修饰，人在其中，处处体验的都是电影的场景。

塔布隆寺建于1186年，是吴哥国王阇耶跋摩七世献给自己母亲的寺庙。据说19世纪法国人在丛林里发现它时就是现在的样子，因希望尽可能保持其最原始、最自然的状态而放弃修复，真不知这种状态还能延续多久。

比粒寺的黄昏

决定第四次去比粒寺看日落的时候，我知道，我已经对那里有某种情结了。

只是那几天我们一直没有很好的运气，去的时候原本阳光灿烂，等到临近日落，一大片乌云忽然铺天盖地而来，阳光完全藏在厚实的云层之内。只有一次意外透出光亮几分钟，四周的景物一下子鲜活生动起来，让我们兴奋不已。因此，最后一天在塔布隆寺晃荡的时候，看到远处的云层镶着金边，我兴奋不已。但等我们急

尽管天气趋势并不乐观，还是有许多人待在比粒寺的高点等待日落

匆匆赶到时，只能再次坐在高高的石阶上吹着黄昏的热风。

其实，看日出日落本身就是一种信仰。我们总是行色匆匆，追逐名利也好，随波逐流也罢，至少在这个时候，我的心态是无比平和的，世间一切事，早已置之脑后。

我坐在高高的、陡峭的石阶上，微风习习，眼前的一切渐渐沉浸在黄昏的柔和之中。远处，那个在原野上奔跑的少年，勾起了我美好的童年记忆。

一早在巴戎寺门口做佛事的僧人

巴戎寺入口处的石雕非常精美

街边摊上的女孩，面对镜头，笑容甜美

透过斑驳的窗台望出去，别有一番风景

乌代普尔，
左眼"欧洲"，
右眼印度

突突车在黑乎乎的山路上缓慢爬行，七拐八弯，全然看不到前面的路况，也没有遇上其他人，四周一片死寂。

头顶上的星星稀稀落落，离日出大约还有半个小时。司机走错了路，试图把我们放在半山腰上。我下车查看了方位，发现位置明显发生了偏差，于是连比带画地和司机沟通，他时而点头，时而摇头，最后也不知是否明白了，上车掉头朝另一条路突突前进。一路上我一直忐忑地想：若再一次走错了路，这乌代普尔的日出我们可就彻底错过了。

坐在自家车上的孩子笑靥如花

左眼"欧洲"，右眼印度，一切都和谐地存在着

从山坡上看，左边的建筑很有欧洲风情

　　很快，突突车在山坡上的一处空地停了下来，转头看到山下城市的灯火璀璨，我才确信这次找对了地方。但为了找到更理想的拍摄角度，我们又在遍布荆棘的小路上磕磕绊绊向上爬了十几分钟，最后在一座简易的小庙宇前支起三脚架。

　　此刻天色微亮，山下的寺庙传来熟悉的招魂曲，似乎在唤醒沉睡的人们，又好像在轻抚睡眼惺忪的人，引着他们继续入梦。山顶上的风很大，即使竖起衣领，仍觉得风无孔不入，吹得身体直打寒战。

　　山坡左侧是湖上王宫，据说极为大气奢华，引得各界名人纷至沓来，英国女王伊丽莎白二世、美国前第一夫人杰奎林·肯尼迪及《乱世佳人》的女主角费雯·丽等都曾在此度过假。当然房价不菲，每晚500—2000美金。对，美金，不是人民币，更不是卢比！不用摸钱包，我们已望而却步。

　　右侧的城市还有点印度式的杂乱，但相比印度的其他城市，这儿已经算得上干净整洁了。整个城市多白色大理石建筑，因此被称为"白色之城"。

　　等到天完全亮起来，我们便下山在乌代普尔城中闲逛。乌代普尔是一座充满传统艺术气息的城市，这不仅体现在城市宫殿里收藏的诸多艺术藏品中，也体现在一座座美丽的庙宇里。我们走进规模最大的贾格迪什神庙，神庙外观装饰着印度教各神祇的雕像，主殿的黑石雕塑则是毗湿奴的雕像，膜拜者摩肩接踵。在去千柱庙和克久拉霍众神庙之前，我们有足够的理由对这里表示惊叹。

走在城市的大街小巷，无处不在的涂鸦和普通人家门廊前的绘画都昭示着他们对艺术的追求。当然，一不小心也会有大黄牛肆无忌惮地挡住你的去路，让你一下子回到现实。街边的小店里可以买到各种精美的传统手工艺品，随便走进一家店铺，画师或工匠都会很乐意给你解释那些绘画或技艺的步骤和方法。只是印式英语非常考验听力，但他们热情天真的笑容令人印象深刻。

每晚 8 点，乌代普尔博物馆内都有印度拉贾斯坦邦传统的民族舞蹈表演。我们席地而坐，看演员们轮番上阵，演出内容有顶罐舞、布偶戏、马术表演等。服装鲜艳的女舞者随着音乐踏着节拍，将点着油灯的铁罐顶在头上，在伴唱声中尽情舞蹈，长长的裙摆在快速旋转中飞舞着。男舞者有一个节目表演类似中国的武松打虎，

河岸旁居民的生活日复一日，简单平凡

贾格迪什神庙人潮汹涌，挤满了前来祈福的信徒

印度拉贾斯坦邦传统的民族舞蹈表演

尽显阳刚之气。最精彩的部分是头顶从一个加到九个皮鼓的女演员快速自如地杂耍般的表演，博得了最多的掌声。

在这左眼"欧洲"，右眼印度的乌代普尔，传统与现代，宗教与世俗，一切都那么和谐地存在着。

骑车在乡间穿行，恰同学少年

焦特布尔，
把城市涂成
天空的色彩

　　印度是一个重色彩的国家，他们对色彩痴迷到甚至会把某种颜色演变为一座城市的名片。

蓝色之城初印象

　　"蓝色之城"焦特布尔正是这样一座城市，整座城市都被涂抹成天空的色彩。之所以如此，是因为传说蓝色是湿婆的象征，因此印度种姓体制中处于最高等级的婆罗门种姓的人为了彰显自己身份高贵，就把居住的房屋涂成蓝色的。随着社会的发展，种姓制度的影响逐渐减弱。后来，其他种姓的人渐渐地也把自己的房屋涂成蓝色的。这主

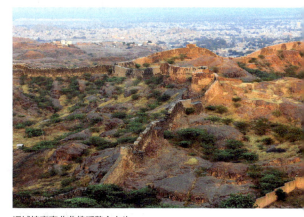

旧城墙弯弯曲曲绵延整个山头

跟随着音乐边唱边跳的焦特布尔人

要是因为非婆罗门种姓的人发现婆罗门种姓的人很少被蚊虫叮咬，皮肤很好，于是他们断定蓝色的房子有驱蚊的功效，也就纷纷把自己的住房涂成蓝色。

不管怎样，有一点可以肯定，蓝色令人感到清爽。焦特布尔地处塔尔沙漠东南缘，从大沙漠吹来的热风在一大片天空一样的蓝色调里，给人的感觉也就不那么燥热了。而真要审视这座城市，我还是乐意在旅馆的天台上，看那片醉人的蓝调肆意蔓延：穿着艳丽纱丽的女子在自家天台上忙活；几只黑面猴子在房顶上尖叫着嬉戏追逐；各种鸟儿从眼前掠过，留下一段段悦耳的声音；好看的云彩在天空上飘荡，时而聚集，时而消逝……至少，这座过滤掉各种混乱后的"蓝色之城"是美丽的，它能时刻愉悦我们的眼睛和心灵。

晚上，和子非鱼、甜甜去街上买水果，路过一座寺庙，看到一群妇女正围着两个小孩在庙前跟随着音乐边唱边跳，节奏欢快热烈。我们好奇地走了过去，原来她们正在庆祝那两个小孩的生日。子非鱼和甜甜被热情地邀请加入，两曲过后，她们每人竟被硬塞了20卢比的酬劳，刚好够买一袋香蕉、一袋橘子。

梅兰加尔堡，城市的骄傲

之所以选择住在这个旅馆是因为当我们被当地人热情地引荐到这里时，我登上顶层的房间，尽管暮色四合，那黑乎乎的古堡却闪着神秘的光芒。我当即说，就是这里了。事实也是如此，从我们住的旅馆的天台上，无须仰望，巍峨壮美的梅兰加尔堡就在眼前。

不用说，这样的城堡是很有故事的。梅兰加尔堡意为"宏伟的

晨光熹微，漫天朝霞下的梅兰加尔堡美轮美奂

堡垒"，建于 1459 年。整个城堡位于一处 125 米高的巨大悬崖之上，以坚硬的黄色砂岩建造，周围环绕着护城墙，高 30 多米，固若金汤，气势恢宏，宛若天上的宫殿，是印度众多古堡中最壮观的一座。

从山脚到山顶，宽敞的马道长 5 千米，一共经过七重门。据说每一重门都有自己的故事，与每一代帝王有关，也都经历过连绵的战乱，却没有一个侵略者能够攻克。因此有人说，它是焦特布尔这座城市存在的理由，不过最终，这里还是被强大的莫卧儿帝国所统治。

进入城堡，在大门两侧的墙上留有 36 个血手印，这是 1843 年曼·辛格王公的 36 个遗孀殉葬前留下来的，她们在印度被称为"sati"。殉葬前，她们会在手上涂上红色染料，然后将手印印在墙上，之后便坐在丈夫的遗体旁被活活烧死。每个血手印中包含着怎样的无奈、悲哀、恐惧和绝望，我们不得而知。也许在当时人的眼里，墙上的血手印代表着爱情、贞洁与忠诚，但以这种惨烈的方式的确也令人为之胆寒，我宁愿没有听说过这样的故事。

城堡内其实也是一个小城，道路错综复杂，花园、亭台、庙宇

城堡上空不时有鹰掠过

随处可见，还有一个小湖。至于用黄金、宝石和无数精美雕刻装饰起来的宫殿更是不计其数，其中几个已改成博物馆，陈列的王族用品包括轿子、象鞍、武器、摇篮等，尽管年代久远，但也能看出造型的精致完美，堪称无价之宝。

在城堡最顶层的回廊，透过窗户可以俯瞰整个焦特布尔城区，体会那种居高临下的气势——整座城市仿佛臣服于脚下，柔顺地伸展开来，想来这正是帝王想要的君临天下的优越感。

日落之前，我们根据来之前大壮在路上的建议，照他所画的地图走到另外一个山头上的一座小庙，然后坐在庙前的大岩石上，看夕阳中沐浴着金光的梅兰加尔堡不断变换着色彩，美不可言。风吹来，有点凉。

无论你身处焦特布尔城区的什么地方，一抬头都能清楚地看到梅兰加尔堡高高在上的雄姿，并深深地为它那高贵、骄傲的气质所吸引。影片《蝙蝠侠前传3：黑暗骑士崛起》中蝙蝠侠逃出地牢监狱重见天日时，背景就是这座雄伟的城堡，虽然只是一晃而过，却曾经令我激动不已。

郊外的古老村庄

《孤独星球》上说，焦特布尔的城郊有几个古老的村庄，至今都保留着原始的制陶、制羊绒、织地毯等民间工艺和传统风俗，民风自然淳朴，值得一游。

到达我们住的旅馆一打听，当地旅行社果然有这条线路。第二天早上8点30分，我们坐上不知道制造于什么年代的破旧吉普车，从喧闹杂乱的城市开往灰尘滚滚的乡村。

尽管这已经成为一个旅行项目，但参观的人并不多，偶尔遇上，清一色是外国人。可能当地人对这种民俗特色司空见惯，又或者是因为他们的经济能力还不足以推动旅游业。

我们每到一处，受访的人家都很热情。虽然从规模看都是小作坊，但他们仍然在苦心经营，倒也不是为了旅游做门面。我们象征性地给了一点小费，他们脸上的笑容一样真挚，且更加灿烂。

给我印象最深的是路过的一个学校，条件极为简陋，三间平房，其中两间为教室，一间为办公室，里面除了桌椅、黑板没有其他的摆设。一男

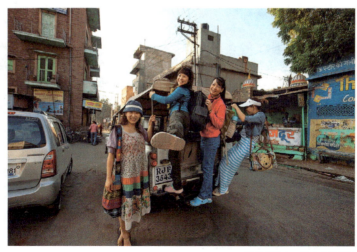

我们租的车，坐上去很拉风

一女两个老师，十几名学生分成两个班。正好遇上高年级孩子的课间时间，孩子们都在玩闹，见我们在拍照，调皮的男孩子还扮起鬼脸。女老师说这是附近乡村的一部分孩子，更多的孩子则因为家庭贫困失学了。

　　午餐在司机兼导游的家里吃，地道的印度餐，面对那无法预知的味道，我实在没有勇气去尝试。

郊外的一家手工制陶作坊，男主人的动作极为熟练

制陶的每一道工序都有严格的要求，稍不小心就会失败

她们头上顶着的居然是用于烧火的牛粪

传统的牛拉水车的灌溉方法在当地仍然常见

课间是孩子们最开心的时刻

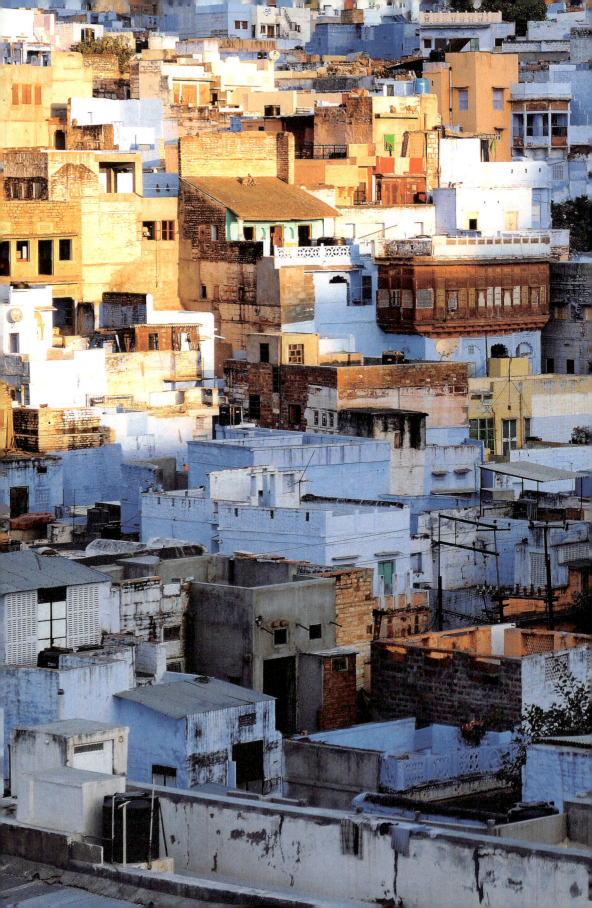

蓝色是焦特布尔城的主色调

阿姆利则，
你的世界我永远不懂

1

　　如果没有经历过旧德里的月光夜市，那一定也无法直视阿姆利则这座城市的随意混杂。但其实在印度北部走走停停地去了好几个城市后，你会发觉，这种乱表面上令人无法想象，但当人们对其司空见惯后，其实一切都是有序的。任何形式的存在都有其合理性，这并没有什么好大惊小怪的。

　　我说"有序"是有根据的。离开的那天早上，我们乘一辆破旧的吉普车去机场，刚刚经过小旅馆门口的市场，车就熄火了，司机尝试着点了几次火都不起作用，然后他双手一摆让我们下去推车。我一看四周密密麻麻、来来往往的人群，第一感觉是这怎么可能，一定是我听错了。哪知他下去叽叽呱呱喊了几句，周边原本喧闹的人群竟齐刷刷散去，硬生生在车前方让出一条道来，还有几个年轻人在后面边吆喝边推车，前前后后折腾了三四回，车真的又发动了！我们个个目瞪口呆，一下子没缓过神来。哇，印度真是个令人不可思议的国家！

　　对于一个陌生的城市，我比较习惯扫街式的记录。只是那时，我的左脚受了伤，莫名的刺痛感极大地限制了我自由行走的梦想。如果那时你恰好也在阿姆利则金庙附近，在街上熙熙攘攘的人群中看到一个一边举着相机一边作袋鼠状跳跃的人，那一定就是我。

2

关于阿姆利则的金庙，太多的旅行杂志总是不吝笔墨描述它的金碧辉煌和重要的宗教意义，最权威的美国《国家地理》杂志把它列为人一生中必须去的50个地方之一。正因为此，在印度北部晃荡两周后，我们决定专门打个"飞的"前去。

阿姆利则是印度旁遮普邦的首府，靠近巴基斯坦边境，是印度锡克教的圣城。"阿姆利则"一词源于梵语 Amta-sarovar，意为"花蜜池塘"。1919 年 4 月，英军在此制造了震惊世界的阿姆利则血案，这也成为影响印度国家历史的一个重要转折点。

锡克教在印度许多地方都建有金庙，阿姆利则的金庙是其中最大、最著名的，始建于 1589 年，1601 年完工。庙门及大小 19 个圆形寺顶贴满金箔，共耗费了 750 千克的黄金。金庙风格典雅，造型优美，既有伊斯兰教建筑的肃穆庄重，又有印度教建筑的绚丽璀璨，被誉为"锡克教圣冠上的宝石"。历经 400 多年的岁月，依然璀璨夺目。在锡克教教徒的心中，它的地位神圣无比，无可替代。

想必他们的"头功"都很厉害

进入金庙，所有人都打着赤脚

夜晚的金庙，参观的人依然络绎不绝

　　我们特意选择居住在金庙边上的小旅馆，虽条件一般，却出入方便，主要是考虑到了我的脚伤。却没承想，金庙里几乎一天到晚都在祷告，无处不在的大喇叭里时时传来招魂一般拖着长音的诵经声，让我脆弱的睡眠雪上加霜。

　　金庙不收门票，但进去必须脱鞋、包头，有专门的存鞋处以及为游客准备的头巾。我们不确定那些头巾是否干净，于是自己用围巾一扎，倒也像模像样。

　　金庙四周是一片白色的建筑群，内部呈方形，金色的圣殿位于一人工湖的正中。这个湖叫"花蜜池"，是他们的圣湖。有一座长约50米的大理石桥跨湖连接圣殿，湖四周的大理石建筑都是纯洁的白色，围了人工湖整整一圈。天气寒冷，我们赤脚走在大理石上明显感到冰凉入心，但仍有信徒在水池中沐浴，我们看着都打哆嗦。

晨光照射在金庙上，灿烂夺目

　　整个金庙繁华热闹，人群熙熙攘攘、络绎不绝，却没有人大声喧哗。大家都在默默祷告，或双手合十，或伏地磕头，然后往金庙方向走去，在桥上排队等待进入圣殿，一切随意而闲散。这是他们的世界，我们永远也无法理解。

　　我的左脚仍然肿痛，长距离跳跃行进是袋鼠的属性，我只能放弃进入金庙的想法，转而花更多的时间在它的对岸默默注视着，任阳光尽情照射在上面，晃了我的眼。

　　这么多年来，我一直没有说服自己去对某个宗教进行深层次的探究，我的态度是不沉湎也不排斥，不狂热也不淡漠。与之相比，我更感兴趣的是金光闪闪的金庙——三天来它无数次晃花了我的眼。我心里反复计算那750千克黄金的价值，偶尔还会美美地想要是那些黄金都是我的就好了，我说不定会第一时间兑换成现金，然后果断辞职，浪迹天涯。

这一回眸，心都柔软了

3

除了足足晃花了我三天眼的金庙，印巴边境的黄昏降旗秀绝对也是阿姆利则的一道风景线。长期以来，印巴关系一直势同水火，双方曾经多次交手，结果谁也没有占到便宜。现在两国军队公开的实力比拼似乎心照不宣地体现在了边境的降旗仪式上。除了军队，两国人民也积极参与其中，久而久之，降旗成为当地每天一次的生动活泼的爱国教育现场课。

有好几批学生参加了这天的降旗仪式

因为降旗本身带有表演性质，加上像我们这样看热闹的各国游客越来越多，因此，在每一篇介绍阿姆利则的旅行攻略中，降旗秀就有了和金庙一样不可被忽略的地位。

我们预订了出租车，根据各种建议，下午提前了 1 个多小时到达距离阿姆利则约 20 千米的瓦嘎边境，这也是印巴之间唯一开放的陆路边境。经过三道认真的例行安检，我们被安排在靠近进口处的外国人专区。这个区域的位置不好也不坏，可以远远地看到左边巴基斯坦军队的阵容。

没一会儿，看台上已经坐满了人，其中还有不少学生。现场气氛一直很热烈，有人大声喊口号，然后是上万人的齐声回应。大家一会儿起立一会儿坐下，又有人擂鼓助阵，众人一齐摇着手上的国旗，场面蔚为壮观。

巴基斯坦那边也不甘示弱，估计也是差不多的阵势，欢呼声、掌声此起彼伏，你方唱罢我登场。我们不明所以，但也跟着欢呼雀跃。总之，在这样的一场爱国主义表演中，所有的人都喜

军人的表情都很严肃，整个过程衔接得很紧凑

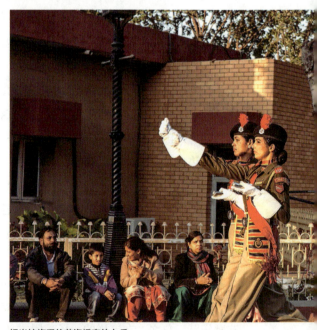

担当护旗手的英姿飒爽的女兵

笑颜开。

　　真正的高潮来自降旗仪式。军人是经过精挑细选的，男的高大威猛，女的英姿飒爽。他们夸张地蹑步、走正步、踢腿、疾步前行，严肃却又令人忍俊不禁，对我来说和看一场滑稽的表演无异。我最喜欢的还是他们立定前的踢腿动作，一个比一个踢得高，最高的甚至把脚踢过了头顶。要达到这种水准，估计得苦练好一阵子。

　　临近尾声，两国边境的铁门同时开启，两国士兵相互敬礼、握手，然后各自收工回家。我们意犹未尽，给一群欢乐的小学生拍照。夕阳西下，远处尘土飞扬。

　　什么时候，希望也能去巴基斯坦那边看一次。

桑布鲁，
寻找神奇的"五特"

　　从广州飞行约 10 个小时 30 分钟，便抵达了内罗毕国际机场。此时天刚蒙蒙亮，透过舷窗，只见下面城市中房子低矮简陋，灯光寥寥，完全无法和国内的大中城市相比。

　　机场不大，入关也就简便顺利，没有出现传说中海关人员故意刁难、索要小费的情景，一个微笑，就盖章放行。倒是在等行李时，一个被别人错拿又没有放回原处的三脚架耽搁了我们不少时间。

　　地接猫咪和地陪张斌早早在出口处等候，尽管不曾见过面，但之前在微信上有过很多次交流。见面后，大家就如老朋友般熟络。

　　根据事先和猫咪约定好的行程安排，我们不在内罗毕停留，而是分乘两台改装过的越野车直接前往桑布鲁国家公园。张斌说两地距离约 350 千米，行程 6 个多小时。两天后，我们发现在非洲估算行车时间，至少得预留出 20%—30% 的空间。

　　路过赤道纪念牌，司机 Francis 主动停下车。路边左侧立着一块牌子，上面画着非洲的轮廓图，一条横线穿过非洲中部，上面写着"EQUATOR"，表明这里就是赤道的中心点。车刚停稳就有一黑人老头走了过来，他笑呵呵地和张斌打招呼，想必这已是一处游览胜地，工作人员也早有一套统一规范的程序。那黑人老头拿起放在牌子下方的道具——破旧的塑料水桶和

蛇鹫是非洲独特而美丽的物种，主要食物是大型昆虫和小型哺乳动物，喜将猎物摔死后整个吞下

漏斗，然后分别在赤道两旁进行演示：水从漏斗泻下形成两种方向相反的旋涡，而在赤道正中心，却是一道直线。我们知道这是地心引力的作用，只是在不过相隔几米的地方亲自实地感受这种现象，也是有趣。最后，黑人老头发了一张附有签名的赤道游览证明给我，制作精美，看上去很官方，可算是到此一游的凭证。

下午 2 点半，我们到达桑布鲁国家公园内的大象帐篷酒店，简单用完午餐后，稍微休息片刻，我们就出去 safari。在肯尼亚，人们喜欢把出门寻找动物的活动叫作 safari，这个单词和苹果浏览器的名字相同，亲切好记。

桑布鲁国家公园地处肯尼亚的中北部，面积 165 平方千米，远离中央高地茂密的森林。继续向北即半戈壁半沙漠地区，气候干燥炎热，人迹稀少。可能是它的名气被马赛马拉轻松地盖了过去，又是两条方向不同的路线，因此国人很少把这里当作旅行目的地。我们在这里停留了三天，遇见的清一色是欧美人。

酒店面对的伊瓦索尼罗河是桑布鲁的生命之源，当地人称其为"桑布鲁之水"。它从数百千米外的肯尼亚雪山的源头流经至此，一路卷沙带泥，奔流不息。正是因为这条宝贵的河流，气候干旱的桑布鲁也充满了勃勃生机。张斌说经常可以见到成群的大象在河边嬉戏，运气好的话还能看到河马优哉游哉地探出头来大吼一声，接着喷出曲线优美的水流。第二天午后我们在河边走着，忽然看见一条巨大的鳄鱼随着水流浮沉着，着实吓了一跳。

狒狒和长尾猴是酒店的常客，它们根本无视我们的存在，经常在我们的视线内打架斗殴、来回追逐，似乎这里就是它们的家园。晚上，当我们壮着胆在屋外欣

雄性索马里鸵鸟有灰色的大长腿，以及蓝灰色的脖子

汤姆森瞪羚的天敌很多，还好它们跑得快

赏无比绚丽的星空时，它们冷不丁地从树上跳下来，尖叫着呼啸而过，将我们看风景的心情一扫而空。最恼人的是它们整晚时不时从帐篷上仓皇路过，留下一阵阵噼里啪啦的噪音，直接打消了我以后想住帐篷酒店的念头。

桑布鲁国家公园真正吸引人们来 safari 的原因是这里特有的五种动物，即东非剑羚、格氏细纹斑马、索马里鸵鸟、网纹长颈鹿、长颈羚。张斌说

网纹长颈鹿是桑布鲁的"五特"之一

东非剑羚长有两只长长的尖角，这是它们赖以生存的有力武器

至于能不能都遇上，要看我们有没有这个运气。

我们开车驰骋在尘土飞扬的泥土路上，7月下旬的高原山地草木葱郁，高低起伏的沙土地上是高大的树木，枝叶茂盛，底下生长着一丛丛低矮的灌木。各种各样的羚羊喜欢在灌木丛间寻找食物，瞪羚是最常见的，它们成群结队地奔跑跳跃，极为灵活。块头较大的东非剑羚慢悠悠地享受下午暖暖的阳光，皮毛油光发亮。大象则喜欢在树丛里聚集，它们集体行动的时候，如同电影大片中的场面——披荆斩棘，所向披靡，威风凛凛，神气极了。司机们不停地用车载电台步话机联系着，幸运的是，三天来我们多次看到了所有的"五特"：晨光中跳跃的长颈羚，呆萌慵懒的东非剑羚，举止笨拙的网纹长颈鹿，大步流星飞奔的索马里鸵鸟，还有三三两两聚在一起晒着太阳的格氏细纹斑马。

人们最感兴趣的还是大型猫科动物，每次一有发现，当地人就会在电台里大喊大叫。虽然听不懂他们的土语，但从急促的语速中就能判断出又

正在伺机捕猎的花豹，使不远处的一群羚羊一哄而散，但却无法靠近安全的距离

有了新发现。每一次出去都会有收获，我们见到了各种形态的狮子，有的在散步，有的在觅食，有的正享用猎物，或者干脆懒洋洋地躲在树荫下打着哈欠……

而给我们留下最深刻印象的则是花豹，Francis 在电台里得到消息后一路狂奔，即便遇到两只嬉闹的小狮子也没停下。我们到达时才发现公园内几乎所有在 safari 的车辆都赶了过来。

Francis 每天和我们见面时总呵呵笑着，然后伸出黑里带黄的厚实手掌和我击掌庆贺，有时看到精彩的场景还会不由自主地边开车边唱歌，同时身体有节奏地跟着扭动。别看他人长得矮胖壮实，身体却极为灵活，舞动起来憨态可掬。他在寻找动物方面远没有另一车的司机 Lenny 厉害，但在抢占有利拍摄位置方面，他却有独特的方法，硬是给我抢到了一个角度蛮好的位置。

那时花豹仍然静静地蹲守在一处沟壑旁，它身材修长，身体弧线完美，华丽的皮毛在阳光的照耀下光滑闪亮，看上去柔顺自然，同伴说真有过去抚摸的冲动。不远处的草地上一群羚羊一边吃草，一边东张西望。羚羊天生机敏，花豹起身慢慢潜伏接近。哪知还没等它加快速度，羚羊就觉察到了危险，它们立刻飞奔，往远处跑去。眼见一场追逐大戏还没开始就谢幕，我们和花豹都觉得无比遗憾，当然，羚羊们可不这么想。大自然的生存法则就是这么残酷，捕不到食物的花豹又要饿肚子了。但它也不气馁，我们远远地看见它又躲在一处树丛旁环视四周。可等了半个小时，却始终没有见到猎物。原先聚集的车辆陆续散去，我们只好放弃并离开。

我喜欢清晨的桑布鲁国家公园，因此一早进入草原，寻找一个看日出的方位，然后站在车上默默注视东方的天空，看天空的颜色渐渐由淡白色变成橙色，继而变成红色。柔和的阳光照射在茂盛的金合欢树上，树上挂着许多灯笼般的鸟巢，那是织巢鸟、椋鸟的家。它们偶尔会叽叽喳喳地飞出飞进，只是动作过于敏捷，很难捕捉到令人满意的瞬间。有的树下堆积着一个巨大的土堆，上面布满密密麻麻的小洞，那是非洲蚂蚁的家，我们不可以下车，也就无法探究它们的神奇世界。

傍晚的桑布鲁国家公园同样万般柔和。因为恰好是周末，酒店特地在距离不远的伊瓦索尼罗河河畔举办了一个鸡尾酒会。所有的客人都被邀请参加，手持长枪的安保人员来回巡逻。此刻，轻快而富有动感的音乐响起，我们一边吃着烧烤品着酒，一边欣赏温柔的夕阳西下。环顾四周，我不禁感叹，这真是一个蕴藏着无限生机却又危机四伏的大草原。

这个世界真的很神奇，也很美妙。

清晨，柔和的阳光照射在茂盛的金合欢树上，树上挂着许多灯笼般的鸟巢，那是织巢鸟、椋鸟的家

没有火烈鸟的纳库鲁

在酒店休整了一天，再去纳库鲁国家公园，时间就充裕多了。

攻略上介绍，纳库鲁国家公园是一个为了保护禽类而特地建立的公园，海拔2000米左右，占地面积188平方千米。公园内的纳库鲁湖处于火山带，湖水盐碱度较高，适宜火烈鸟的主食浮游生物的生长。每年有200多万只火烈鸟前来讨食，占世界火烈鸟总数的三分之一。另外还有约450种其他禽鸟，因而这里被誉为"观鸟天堂"。除了鸟类，公园内还有多种大型动物，如著名的白犀牛，以及长颈鹿、野牛、疣猴、跳兔、无爪水獭、岩狸等。

我们最初确定来纳库鲁湖也是冲着火烈鸟来的，但张斌说近一两年降雨量明显增多，纳库鲁湖水位上升，湖水中的盐分被稀释，食物减少，火烈鸟大都飞到130千米外的博格利亚湖了。没有了百万只火烈鸟，纳库鲁又能给我们带来怎样的惊喜？

经过脏乱嘈杂的纳库鲁市街区，沿着一条毫不起眼的乡间小道，就进入了纳库鲁国家公园。公园里的路基本处于原始状态，估计也是因为车走多

公然"秀恩爱"的东非冕鹤

138

埃及鹅看上去很憨，飞翔的姿势却很优美

了才有了路，显得自然随意。不过园内的风景真的不错，从一个大山坡上去，就可以看到远处碧波荡漾的纳库鲁湖。靠近湖畔，茂密的金合欢树在阳光下色彩明丽，几只小狒狒正在嬉戏打闹，调皮又可爱，一旁的大狒狒则四处张望以保持警惕，显得成熟稳重。

　　驱车直接到纳库鲁湖湖边，远处湖面上仅有数百只火烈鸟，而且距离太过遥远，即使用 400mm 的长焦镜头也只能看到极小的身影。近处有几只长脚燕鸻、黄嘴鹮鹳、白鹭正在认真觅食，我沿着湖岸渐渐靠近，它们一点也不警觉，还是在原来的区域内来回走动。在肯尼亚的国家公园 safari，绝大多数地方是不允许下车的，纳库鲁湖湖畔除外。即便如此，我们也不敢掉以轻心，而是时刻注意四周的动静。毕竟，这里的每一个国家公园内，野生动物才是真正的主人，我们不请自来，万一把人家惹不高兴，后果或许很严重。这时，头顶上传来鸟儿鸣叫的声音，抬头望，一群埃及鹅正从我们的头顶飞过。此时恰逢鸟儿迁徙的季节，我不知道它们来自哪里，要去何方。这里和中国关山阻隔万万重，许多鸟类永远也不会抵达那里。后来我把一些照片发给一位知名鸟类摄手，希望获得名字的线索，他表示其中的大多他从未见过，甚是羡慕。

离开湖畔往密林深处开去，不一会儿就看见路的左侧草丛里站着十几只长颈鹿。这里的长颈鹿看上去比桑布鲁的要高大强壮，而且两者身上的纹路也不大相同。它们高大威猛，正齐刷刷地向远处的树林走去，那场景有点像侏罗纪公园中的恐龙世界。我注意到右边的树林里也走出来三只长颈鹿，从外形及亲密举止判断应该是一家三口，它们走起路来不紧不慢，却始终和我们保持着一段安全距离，就连过个马路也小心翼翼。长颈鹿性格貌似温顺，但据说其腿部力量非常

一只漂亮的鸟儿从我头顶飞过

强大，被惹毛了一脚踢过来，挨踢的非死即残。所以长颈鹿真正发威起来，就连狮子也惧怕三分。

没有火烈鸟的纳库鲁多少令人遗憾，我们的主要目的便改成了寻找白犀牛。张斌说，白犀牛已经成为纳库鲁除火烈鸟之外的另一张名片。白犀牛又叫"宽吻犀"，是现存体形最大的犀牛，也是体形仅次于非洲象、非洲森林象、亚洲象的陆生动物。起初我以为白犀牛是白色的，黑犀牛是黑色的，但其实它们都是灰色的，远远看上去黑不溜秋的。两者除了体形大小的区别，还有外表的区别：白犀牛的上嘴唇宽而平，黑犀牛的上嘴唇窄而勾。此外，两者有不同的生活习性：白犀牛吃草，黑犀牛吃树叶。白犀牛主要分布于非洲南部和东北部，其中南部的白犀牛曾经一度濒临灭绝，后

白犀牛是现存犀牛中进化最完全、最聪明的，现在却因为盗猎而濒临灭绝

经保护而数量有所回升，达到上千头。北部的白犀牛则处于濒危状态，仅存几头。黑犀牛分布较广泛，原本是数量最多的犀牛，但由于它的角药用价值高，遂成为黑心偷猎者的目标，目前数量锐减。

依然是依托别人的信息，我们在蜿蜒的道路上飞奔着，看到有十几辆越野车停在路旁。顺着大家观看的方向，百米之外的草地上，三头白犀牛正悠闲地走走停停、吃吃逛逛。

镜头焦距实在不够长，我们又不能进入草地，只能寄希望于白犀牛能朝我们的方向走近些。但结果并不如人意，白犀牛始终没有拉近和我们之间的距离，即使再长焦距的镜头也无法达到令人满意的效果，最后我只好牺牲画质，大胆任意裁剪，算是留个纪念吧。

动物有时也会好奇地看着我们

一家三口，大人和孩子的关注点各不相同

回酒店的路上，Francis 听说有人看到了树上的花豹，又是一路狂奔。可惜这次等我们到达时，戏已散场，花豹潜入了远处的树林之中，连个背影也没留。

暮色渐浓，天边黑压压的云层粉碎了我们对漫天晚霞的期待。

马赛马拉，
生命就像马拉河

　　通往马赛马拉的道路之烂超乎想象，尤其是最后 100 千米的泥土路，几乎令人崩溃——前面的车超不过，甩不掉，一不小心我足足吃了近 3 个小时的灰尘。刚拿出来的洁白的一次性口罩，最后统统成了土黄色。倒是 Francis 和张斌淡定自若，不遮不掩，任凭黄沙飞舞，七颠八晃，依然谈笑风生。习惯，有时还真不是坏事。

　　马赛马拉位于肯尼亚和坦桑尼亚交界处，是全肯尼业最大、最受欢迎的国家公园，占地 1800 平方千米。它与坦桑尼亚的塞伦盖蒂国家公园隔河相望，并称为"世界最佳野生动物迁徙观赏地"。尽管塞伦盖蒂国家公园是非洲最大，也是世界上最大的野生动物保护区之一，面积是马赛马拉的许多倍，但对于从小受到《动物世界》熏陶的我们来说，马赛马拉的名气要大很多。赵忠祥那低沉浑厚、富有磁性的声音犹在耳

今天我值班

奔跑的角马

畔：马赛马拉大草原雨季过后，草原又充满了生机，成群结队的角马、斑马越过马拉河，迁徙到牧草更丰盛的地方。非洲狮子俯卧在草丛中，等待最佳的捕猎时机。

　　每年的六七月份，位于北面的马赛马拉因连绵的降雨而孕育出新苗，芬芳的青草香气深深地吸引了南面塞伦盖蒂的数百万头角马、斑马。为了生存，它们向着马赛马拉北上迁徙，寻找由东面印度洋的季风和暴雨所带来的充足水源和食物。这样的情况一直持续到11月，这时，塞伦盖蒂的草原又恢复了葱郁，它们再从马赛马拉返回。这是动物世界规模最大的一次迁徙，在漫长的旅程中，以角马为主的草食动物们一边寻找食物，一边穿过危机四伏的草原，途中不仅要遭受狮子、豹子的袭击，还要勇敢跨越布满鳄鱼的马拉河。渡河是最为凶险悲壮的，明知道河里的鳄鱼虎视眈眈，但是为了生存，为了生命的延续，它们别无选择。虽然如此，幸运的是绝大部分角马生存了下来，它们始终占据着大草原上不可撼动的最大群体的

成群结队的角马，所过之处，扬起一阵阵的尘土

地位。

　　马赛马拉是我们此行的重点，我们在此安排了 5 天的时间。我对张斌说，我们最大的愿望就是看角马过河和狮子、豹子捕食的场面。《动物世界》中的那些经典场面，的确对我们影响深远。我们特地选择在动物大迁徙的高峰时间来马赛马拉，就是为了圆这个梦想。

　　因此，从第一天下午到达直至离开，一有角马过河的讯息我们就会兴致勃勃地前往马拉河边蹲守。虽说每天都有角马过河的大场面发生，但毕竟马拉河在马赛马拉蜿蜒了上百千米，角马过河又没有固定的时间和地点，我们只能凭着司机的经验就近寻找几个豁口，静静守望。有时明明看到角马在河边聚集，数量众多，但最后还是失望而归。

　　我们的酒店就在马拉河边，起初我以为角马过河是固定从对岸过来，但事实上马拉河并非东西走向。它们今天可能从对岸来，过几天也可能回到对岸。角马嗅觉灵敏，哪里有青草的香味，哪里就有生命的延续。

第三天上午，我们更换了好几次位置，最终在一处有数十辆越野车聚集的地方守候，大家都期待着一场视觉盛宴的开启。我们好不容易找到一个相对较好的位置，对岸原先的喧嚣又停了下来，又等了一个来小时，仍然没有动静。渐渐地，一些没有耐心的人陆续离去。我们正犹豫要不要去寻找新的地方，忽然听到有人欢呼，我立马从座位上站了起来，透过支开的顶棚看到对岸树林里尘土飞扬，隐约看到角马奔跑的身影。为了看得更加真切，我和阿荣先后爬上车顶，发现角马并非朝河边方向奔跑，而是越跑越远。我心想一时半会儿肯定没戏，不禁有点泄气，就对张斌说，我们也回去算了，说着就准备爬回车里。这时，附近的一名警察开着一辆小吉普过来，一番交流之后，我们才知道爬上车顶是违法的，违反了公园的处罚条例第 8 条，处理结果简单直接——每人罚款 100 美金。

我们和警察多次交涉未果，无论我们说什么，他都微笑着说不行，执法态度坚决又和蔼。谁叫我们不遵守规定呢，只能呵呵笑着认罚。

我们早已在各个领域领教过慢条斯理的非洲速度，这名警察办事时也是，罚单的每个字母都写得很工整。我和阿荣报了同一个姓氏，他满脸狐疑地确认了好几遍。等他把两张罚单在友好的氛围中写好，半个小时过去了。我说："这下好了，角马没看到，又耽搁时间，可以直接回酒店吃午饭了。"司机 Francis 说："再等一会儿吧。"

大约过了 10 分钟，又是一阵喧闹声，还没等我反应过来，就有一批角马飞速越过通向对面河岸的豁口，跑到河边，然后头也不回地跃进河里。大家还来不及端起相机，一场声势浩大的泅渡迁徙已经拉开了序幕。

紧接着，大量的角马蜂拥而至，它们犹如听到了冲锋号角一般，义无反顾地跃入河中，其中还掺杂着一些斑马。相比于莽撞的角马，斑马显得更加慎重一些，它们在河岸边会观察一下，甚至一度还退了回去。我们并没有看到鳄鱼的身影，也许它们并不急着出击。后来在一片混乱中，有几匹角马扑腾着挣扎了几下，然后就淹没在水中，估计成了鳄鱼的午餐。不过也有成功逃脱的，我注意到一匹落单的斑马刚要抵达岸边，后腿可能被鳄鱼咬住了，身体一时后倾失去平衡。我以为这下它凶多吉少了，哪知它忽然奋力一踹，然后踉踉跄跄地逃上了岸。

没几分钟，第一批跳入河中的角马、斑马已经游到了对岸，爬上了布满石头的斜坡，到达我们这边的草原。整个过程持续了大约 20 分钟，数以万计的角马、斑马安全渡过了马拉河。我们大致算了一下，这一次过河，角马、斑马的折损率不会超过 1%。而那些被

被鳄鱼袭击的斑马最终成功上岸

鳄鱼杀死的角马、斑马，没被吃完的便漂浮在河面上，这又给非洲秃鹫、秃鹳提供了食物。就算这个草原还有众多的狮子、豹子、鬣狗等肉食动物会对角马、斑马的生命造成威胁和伤害，但对数目庞大、无处不在的角马、斑马群来说，根本就可以忽略不计。

过河之后的角马依然规规矩矩，它们并没有乱作一团，而是排队不停地转着圈，并不断发出哞哞的声音，我猜想这样它们便能寻找到各自失散的亲人。它们个个都黑不溜秋，看不出有什么区别，真不知道它们自己是如何分辨的。大约过了 10 分钟，除了少数一些找不到妈妈的小角马还待在原地，其他的角马已恢复了原来的沉默，它们列队跟着带头大哥继续蜿蜒前行。角马是一种极具纪律性的动物，它们总是排队前进，宛如一字长蛇阵般蜿蜒向远方。直到抵达一个安全的地方，它们才会散开来安心吃草，哺育幼崽。

看到如此壮观的角马过河的场面，我们来之前的梦想终于实现了。大家都觉得这样的幸福来之不易，如果不是因为 200 美金罚款的漫长过程推迟了时间，我们很可能就会错过这场视觉盛宴，那也许就会成为一个永远不能弥补的遗憾。我们后来觉得没有看过瘾，但除了一两次规模很小的渡河，再也没有遇上过这样壮观的场面。的确，凡事还是需要往好的方面去

想，这样坏事就不会左右我们应该有的好心情。

生命就像马拉河，有时平静，有时凶险，在这场短暂却惊心动魄的杀戮之中，大自然很好地展现了适者生存的游戏规则。人类只是个旁观者，只要不端起枪有目的地去猎杀，就是对大自然最好的保护。几天来我们看到路旁倒毙着许多草食动物的尸体，当地的警察只管违反规则的人，而不会去干预动物的优胜劣汰，即便动物的尸体阻碍河道畅通，或者腐烂的味道四溢，也统统交给大自然去消化。这其实是大自然形成良性循环的必要条件。遗憾的是，人类过于密集的活动还是影响到了动物的自然繁衍，越来越多的酒店进驻马赛马拉，虽然给旅行者提供了很多方便，但现在我们看到的马赛马拉，就算还保持着良好的生态链，事实上也已经和数十年前大不相同。张斌说，他每一年都能

紫胸佛法僧是肯尼亚和博茨瓦纳的国鸟

由于外形奇特，地犀鸟成为世界上著名的观赏鸟

感受到这里发生的变化，最明显的是，要见到大型猫科动物变得更加艰难了，以前甚至还有狮子到酒店溜达呢。

而我们在马赛马拉的另一个目的恰巧就是寻找大型猫科动物，这也是非洲草原上永远不变的主题，希望这次能有好运。

清晨，我们出门不久就看到了鬣狗父母在逗它们的孩子玩。一只灰背狐狼从它们身旁经过，差点儿引起一场厮杀。灰背狐狼知道自己势单力薄，于是仓皇逃窜。在我们看来，鬣狗形象猥琐，品行低下，不招人喜欢，我们对它们的拍摄兴趣不大。

在一处凹形河道口，车辆艰难地通过崎岖不平的低洼路面上坡。正

鬣狗不仅长相不讨人喜欢，品行还很差

在这时，我忽然看见右边树下蹲坐着一只花豹，目光炯炯，举止优雅。Francis 立即踩刹车，我第一时间举起相机，只反应迟钝了一秒钟，花豹立刻站了起来转身就走，结果我的快门只捕捉到它的尾巴。我不死心，仍然在附近寻觅它的踪影，终于在河对面发现了它。遗憾的是，那时我们之间至少有了 50 米的距离。河里还有两头巨大的河马，时不时把头探出水面，在晨光的照耀下居然还有几分灵气，只是相比于花豹，我对它们兴味索然。

眼尖的 Lenny 看到远处河岸边躺着一只公狮，我们尽可能找到了一个靠近它的安全位置。通过长焦镜头，我们看到它背上伤痕累累。也许，这是一只因刚刚战败受伤而被赶出狮群的公狮——狮群中的王者竞争很惨烈，胜者为王败者寇。当然也有温情的时候，傍晚我们发现一公一母两只狮子在现场"秀恩爱"，完全不理会人类好奇的目光和咔嚓咔嚓的快门声。

午后，我们在树荫下发现正在休息的四只猎豹，无论车来车往，除了一只放哨的一直直起身体警觉地向四周张望着，其他的始终缩成一团，慵懒无比。猎豹的生活比较有规律，它们一般早晨 5 点钟前后开始外出觅食，

再凶猛的野兽，在家人面前都会变得温柔

猎豹的时间观念比较强，它们一般清早捕猎，中午休息

午间休息。我们来得不是时候，因此也就无缘得见捕食的场面。猎豹是陆地上奔跑得最快的动物，它的时速可以达到 120 千米。它们的天敌主要是狮子，幼年的猎豹也会被鬣狗捕杀。

在迁徙的季节，对位于食物链顶端的狮子、豹子以及长相丑陋的鬣狗等肉食动物来说，整个大草原到处都是食物，因此现在的它们多少显得有点心不在焉。有时角马、斑马、羚羊就近在咫尺，它们竟也目光温柔，仿佛都是友好的邻居，可以和睦相处。最终直到离开，我们也没能在草原上看到它们捕食的场面。

但我并不觉得遗憾，我喜欢在每一个黄昏找一棵树作为前景，然后坐在车上静静等候夕阳西下，这时的大草原，展现出一天中最为温柔的一面。

马赛马拉的直升机费用太过昂贵，无人机则审批手续太烦琐，不经审批被抓到，罚款肯定不会少。因此，想俯瞰马赛马拉大草原唯一的办法是乘坐热气球，价格是 1 小时 1450 美金，即便是这样，这个季节还得提早 1 个月预订。

热气球公司清晨 5 点准时在酒店门口接人，约 1 个小时到达起飞地，然后进行安检和安全知识讲解。6 点 30 分开始点火，16 个人一个热气球，每两个人一个小格，空间不算拥挤。为了方便拍摄，我特地选了一个拐角的格子。没想到热气球升空过程非常平稳，等离地十几米我才发觉。这时太阳还没有升起，远处的草原笼着轻薄的雾气，视线越过树林，可以清楚看到整个草原焕发着无穷生机。迁徙的角马队伍在轻雾里画出了一条蜿蜒优美的曲线，恍若仙境。不一会儿，又红又圆的太阳从东边的树梢上跳出，虽然空气不是很通透，但在空中看草原日出的美好感觉无与伦比。接着，我们又先后看到了和角马混在一起的斑马、穿过树林去河边喝水的大象、一口咬掉树梢叶子的长颈鹿、排成队列前进的大水牛、潜伏在水中的河马和各种飞翔的鸟类等，还有在草原上奔驰的越野车。热气球主要利用风力行进，至于能看到什么都靠运气。

1 个小时的时间过得特别快，开始还有人心疼高额的费用，降落之后大家无不大呼过瘾，完全物有所值。如果你来马赛马拉，热气球的体验绝

斑马经常和角马混在一块儿

非洲的河马有一定的攻击性，其咬合力惊人，狮子有时都不是它的对手

对不能少。

热气球飞行结束后还有一顿特别的草原早餐，这同样是一次难忘的经历。公司的服务人员早早地在目的地安排好所有的食物，我们喝着香槟，吃着各种具有非洲特色的早点，享受着热情周到的英式服务，几乎忘记这里是草原腹地，是无数野生动物的家园。

原本早餐后还附赠一次早晨的 safari，我们婉拒了，直接回了酒店。后来听张斌说，这些人长期在草原上生活，他们寻找动物的经验比任何外来司机都要丰富百倍，跟着他们看到精彩纷呈的野生动物的可能性很大。然而，我们居然拒绝了！真是悔之晚矣。

去不去马赛人的村子参观我们内部有过分歧，网上评论说村子已经沾上商业化的气息，探访的意义不大。经过一番争论，我们最终还是决定找一个距离较近的村子看看，理由很简单，不远万里来都来了，多少也要了解一下当地的人文习俗。

马赛人是东非最著名、历史最悠久的土著居民，也是肯尼亚最具代表性的部族。几百年来，他们一直生活在这片野兽出没的草原上，逐水草而牧，靠围猎而生，过着几近原始的生活。对马赛人来说，拥有土地没有任何意义，他们只以牛群的数量来衡量财富。

尽管他们的接待方式带有表演性，比如唱歌跳舞的欢迎仪式、展现弹跳力的原地立定蹦高、体现生存能力的钻木取火等，但这应该也是他们原有的生活方式，只是如今披上了商业化的外衣。不过他们的生活中仍然看不到任何现代化的痕迹，我们走进他们低矮的房屋时，屋内几乎漆黑一片，气味刺鼻——原来他们和牛羊住在一起。屋内只有简单的生活必备品，极为简陋。

马赛人天性乐观，对生活充满热情，他们的服饰以红色为主，色彩鲜艳，是马赛马拉草原上一道独特的风景。

安波塞利，
直面乞力马扎罗山

　　安波塞利国家公园是我们在肯尼亚行程的最后一个点，它位于内罗毕东南 240 千米处，车程 5 小时。

　　去安波塞利主要是为了看乞力马扎罗山，网上说安波塞利国家公园位于肯尼亚与坦桑尼亚边境的交界地区，面积 392 平方千米，是非洲著名的度假胜地之一，在那里可以清晰地看到海拔 5892 米的非洲第一高峰乞力马扎罗山。尽管接近赤道，乞力马扎罗山山顶上却终年覆盖着积雪，山下莽原则景色优美。

　　进入公园不久，我们便看到了三三两两的长颈鹿和角马，这里的角马比马赛马拉的长得好看一些，但数量不多，谈不上规模。

　　正是正午时分，阳光很烈，气候干燥，风卷起扬沙四处飞舞，还在远处形成了几道龙卷风般形状的气柱，直冲向天空，那场面蔚为壮观。

　　邻近我们预订的 Oltuka 酒店，便看到了湿地里的大象，这是安波塞利所独有

在湿地里的漫步大象群，这是安波塞利独有的一道风景

的一道风景。很难想象大象那么笨重的身躯是如何在柔软的湿地里保持平衡和行进的。再往前，我发现右侧湖面上密密麻麻停着许多鸟，用长焦拉近，天哪，是火烈鸟——我们在纳库鲁苦苦寻觅的火烈鸟，居然飞到这里来了！张斌说我们运气太好了，真是难以置信，上一次火烈鸟在安波塞利停留的时间还是20世纪70年代初，至今有40多年了。这真是"念念不忘，必有回响"。此时此刻，我们趁机纷纷大赞自己的运气了得。

天气晴朗，但天空的能见度一般，乞力马扎罗山方向的云层较厚，根本看不到雪山的影子。午餐后，坐在房间外的椅子上，可以看到不远处酒店铁丝网外的草原上，斑马正默默地吃着草。我走近观察，它们却头也不抬。而大大小小的黑长尾猴则在我们面前蹿来蹿去。

下午出去safari，我们的首要目的是尽可能接近火烈鸟，但结果令人失望，我们在公园内找了几个位置，可是离它们也有数百米的距离，司机又不肯直接开车到岸边，我们只好远远地看火烈鸟飞来飞去。

安波塞利的野生动物远没有马赛马拉的丰富多样，但鸟类的种类颇

由于车子不能开到湖边，我们只能远远地看湖面上的火烈鸟

多。国内辛辛苦苦找到一两只奇特的鸟都能令人兴奋不已，而在这边，随随便便就有一群飞到面前，任你近距离、长时间观赏个够。

日落时分，乞力马扎罗山终于露出羞涩朦胧的真容，遗憾的是山顶上只有可怜的一点点雪。我原本希望太阳能落到远处一棵金合欢树的树梢上，但很快它就被厚厚的云层吞没了。大概是草原上很久没下过雨的缘故，即便是晴朗的天空也很难有清晰的能见度。

回酒店的路上，火烈鸟终于在离我们最近的湖面上飞舞，尽管没能看得真切，但那铺天盖地的壮阔场面还是令人叹为观止。

狮子仍是人们寻找的主题，有新闻说安波塞利的狮子面临灭绝的危险，现在只剩下不到 100 只。原因是安波塞利公园内的食物数量不算多，狮子经常会去偷吃马赛人的牲畜，因此被马赛人射杀或投毒。为了保护这里的狮子不再被人为消灭，美国国家地理协会已为马赛保护基金会提供了15 万美元的紧急资金，以补偿那些损失牲畜的马赛人。

离开安波塞利的早晨，我们看到两只母狮子带着一只小狮子在草地上玩耍。不远处，两头大象正带着两头小象慢慢走过。两强同框，给我们的整个肯尼亚之行画上了一个圆满的句号。

也许，非洲的贫穷在短时间内不可能有什么改变。但在这一片广袤的土地上，动物们却是极其富有的，它们拥有一个宽广辽阔、自由自在的天堂。

黄颈彩鹬鸪体形很小，但颜值还不错

孤独落寞的鱼鹰

非洲白鹮正臭美呢

美丽的黄嘴鹮

乞力马扎罗山山顶只剩下一丁点儿雪

特卡波，
谁画出这天地

1

越靠近特卡波，天气越晴朗，天空好像被人用大画笔随意扫过似的，留下了丝丝缕缕的痕迹，点缀在巨大的蓝色画板上，令人赏心悦目。

住的酒店位于特卡波湖湖畔，我们的房间都在一楼。打开面向湖的房门，外面是一片松软的草坪，正对岸，就是声名赫赫的好牧羊人教堂，它孤零零地坐落在小土坡上，比我想象的要简朴小巧，四周没有其他建筑物。没想到这座我曾经在无数张唯美的图片中看到的、吸引了世界上无数摄影人虔诚目光的建筑竟然这么低调含蓄。

我们没有定统一的时间，反正看着合适就自行走去教堂，欣赏特卡波湖湖岸的风光。

下午5点出去，阳光和煦温暖，天空中那惹人喜爱的柳絮云恰到好处地

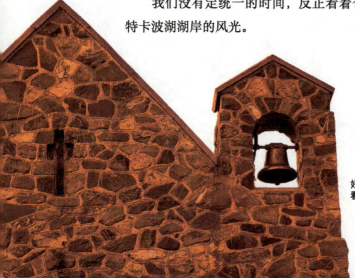

好牧羊人教堂南面屋顶西侧的小铜钟，看上去年份已久

天空中的柳絮云美得很不真实

飘散在教堂上方，与一轮弯月遥遥相望。

此时教堂已经关门，大门右侧有块黑色的石牌，上面刻着"好牧羊人教堂是为纪念开拓麦肯奇家园的先驱们而设立的，建造于 1935 年 1 月 16 日"等内容。教堂的墙壁用天然岩石垒砌而成，每一块都不一样。北边屋顶上有一个不起眼的小十字架，南面屋顶西侧有一个很小的钟塔，拱形的墙洞里挂着一口小铜钟。教堂的外墙为岩石的本色，或灰或褐，或深或浅，完全没有规则。斜屋顶上是黑色的石片，整齐紧密。从北面的透明玻璃窗户可以看到室内简单的陈设：左右两边分别有五六排长椅，布道坛在靠近窗户的侧面，总面积不过二三十平方米；还有一个大约 50 厘米高的十字架极为显眼地竖立在窗户的正中间。据说很多情侣特地来这里举办婚礼，而我们每次来的时间要么太早，要么太迟，不要说碰不到婚礼，连教堂的门都是关着的。

特卡波湖湖边牧羊犬的青铜雕像

　　往右数十米远处有一座牧羊犬的青铜雕像，像座上刻着"没有牧羊犬的帮助，就不可能在此处山野放牧"等字样。由此不难看出牧羊犬对当地人的重要性，这应该也是好牧羊人教堂名字的由来。

　　走到湖边，这个季节水位比较低，一些大块的青色岩石浮出水面，怪异的形状给人无限的遐想空间。没几分钟，夕阳西下，天空中的柳絮云一下子像被点燃起来一样，瞬间变成金黄色和红色，倒映在平静的湖面之上，美得让人窒息，这是画笔无法描绘出的色彩。实际上，在如此神奇的大自然的美景面前，任何言语都是苍白的。我坐在特卡波湖湖边的石头上，一边睁大眼睛傻傻地看着，一边喃喃自语："是谁画出了这天地？"

　　美妙的色彩至少持续了10分钟，这足够让我们从容地留下最美的瞬间了。

银河从教堂的屋顶斜拉上去，一直延伸到天际

2

由于月光的干扰，我们午夜才去教堂附近拍星空。这个时间点坚持下来的几乎都是摄影发烧友，游客们早早回去睡觉了。因此也就没有什么干扰，拍摄和欣赏两不误。

顺着银河的走向，我们找到最佳的角度，让银河看起来像是从屋顶斜拉上去，那右上方最亮、最集中的部分，就是著名的大麦哲伦星云，这是只有在南半球才能看到的星云。要说有遗憾，准是每个人都觉得自己的镜头不够广。最后我找到南十字星的方位，对着它长时间曝光，试图拍一个同心圆形的星轨。1个小时后，我实在困得眼睛都睁不开了，只好草草收工。后来果然成像效果表明时间至少欠曝过半。

3

第二天一早，不知疲倦的壮壮、yes 等人在日出前 1 个半小时就往普卡基湖方向出发，只有不思进取的我、见书和子非鱼选择留下。我的想法很简单——特卡波湖的日出我也没见过，我又何必舍近求远呢？

日出的光线洒在湖面的晨雾上，流光溢彩

人在晨雾中，如入仙境

　　但即便多睡了1个半小时，起床时我仍然睡眼惺忪。远远看到右前方的湖面起了雾，我便飞一般跑过去，刚准备好，阳光直接就洒了过来，形成了一道不断翻腾涌动的金光，异常美艳。湖面上的晨雾不断变幻着，在光影的作用下曼妙起舞。渐渐地，对岸的山峦也有了些许亮光，然后是一排整齐的松林，显现出层次分明的美感。晨雾缥缈中，岸边几棵若隐若现的小树被镀上了金边。忽然，一群鸟儿一边鸣叫一边飞舞着，由于距离太远，我看不出是不是天鹅。

　　下午3点，我们一起去约翰山天文台。从上面眺望，小小的特卡波镇

从约翰山俯瞰特卡波，湖水湛蓝湛蓝

一览无余，更小的好牧羊人教堂只能依靠方位去找寻。我们各要了杯咖啡，坐在山坡上，假装深沉。阳光暖暖，微风习习，躺下或许就有一个好梦。

后来才知道，约翰山才是整个特卡波最适合看星空的地点，只是当时没人提出留下来。

傍晚起了风，吹皱了一湖蓝水。日落后的晚霞并不差，至少装饰了一方的风景。只不过经历了昨天的震撼，这已变得寻常。

晚上，天空中聚集了越来越多的云。我心想这可好了，可以安心睡个好觉了。

特卡波待我们并不薄，我们拍到了近乎完美的日出、日落和星空，已心满意足。

4

睡前看天气预报，第二天早上阴天有雨，于是和都行约定睡到自然醒。

却在 6 点 30 分醒来，我说，还是看一下天空吧。

拉开窗帘，看到教堂顶上的云层有点泛红，便和打仗似的，脸也不洗，牙也不刷，和同伴集合上车后便奔向对岸。

到达好牧羊人教堂时，那里几乎没人。可能大家和我们一样，以为不会有好天气，于是便华丽丽地错过了很可能是一生中最为辉煌、最为不可思议的日出。

说真的，开始我也没有料想到会有这样的发展趋势。7 点 10 分，东方的云红了一大片，几分钟后归于平淡。我以为结束了，差点准备收起三脚架。哪知在 7 点 30 分，彩云全面爆发，一瞬间映红了整片天空。是的，是整片天空，四面八方，你眼睛能够看到的所有方位、所有角度，不留余地，全部红成了一片。而且这美美得不真实，难以置信也好，不可想象也罢，就算是梦，也梦不到这样一个瑰丽的早晨。好吧，什么叫美到窒息、美到哭，这就是！

20 多分钟后云彩趋淡，东边的光亮也逐渐被云层遮盖住。我们离开时，果然下雨了。

这天气倒也应景，都说分手总是在雨天。今天是大家分开的日子，我、在路上、小彭、三通继续一路向北，其他人则各回各家。

离别的忧伤气氛在回基督城的路上就显露出来，没人再去关心外面的风景，大家甚至长时间沉默。傍晚，在基督城郊外拍天鹅时，尽管天时地利，我却觉得太过冷清，拍不出想要的感觉。

这是南半球的一个秋天，也是我们一起度过的第一个特殊的反季节秋天。第二个会是在哪儿呢？澳洲，南美，还是非洲呢？

我以为这样浓郁的朝霞只存在于画家的笔下

布拉戈维申斯克，

懒人城市的幸福时光

布拉戈维申斯克这名字的确有点儿长，但如果多念几遍，便会发现它其实并不拗口，也就不难记住。大部分国人为了方便，简称其为"布市"。它是俄罗斯阿穆尔州的首府，位于风景秀丽的阿穆尔河（即我国的黑龙江）和结雅河汇流处的岸边，与我国的黑河市仅一江之隔。只要江面不起浓雾，两座城市就能隔江对望。

在慵懒中徘徊的俄罗斯人

说起布市这座城市的历史，我们心里都隐隐作痛，这里原来是中国的土地，原名"海兰泡"。1858 年 5 月，沙俄以武力迫使腐朽的清政府签订中俄《瑷珲条约》，强行占领包括海兰泡在内的黑龙江以北 60 多万平方千米的土地。之后，沙俄将其改名为布市，意为"报喜城"，它是俄罗斯远东最早建立的城市。

早上 8 点 30 分，我们在黑河口岸边检站办理过境手续，过程比我想象中的要简单许多，大约只花了 2 分钟的时间，我们就顺利通过海关，踏上了前往布市的旅程。江岸上停靠着两国的客轮，悬挂着各自的国旗，中国人和俄罗斯人分坐不同的客轮。

大约 10 分钟后，我们到了俄方的边检站，这座边检站是一座砖混结构的老式平房，看起来比较破旧。步入其中，各种嘈杂的声音不绝于耳，身边人头攒动，除了中国过来的旅游团，其余大多是小商贩，大部分是年轻的俄罗斯人。

俄罗斯姑娘光看背影就足够惊艳

和入关时一样，中国人和俄罗斯人还是分不同的通道边检。等待了许久，我们这边的队伍还是一动不动，导游王姐说要耐心等着，俄罗斯人的办事效率不是很高，仿佛他们的时间永远用不完。

我们于是继续在这嘈杂的人群中等着，我注意到大部分的声音是我们这边发出的——我们喜欢大声交谈，因为要让对方听见，因而声音越来越高，逐渐就成了吵闹声。而俄罗斯人那边显然要安静许多，他们似乎早已习惯这样的等待。大家都若无其事地站着、坐着，偶尔交谈，也是轻声细语。

又过了半个多小时，我们的边检通道才开放。而令人不解的是，就是一本简单的护照和一张健康证，那位俄罗斯女边检员却看了又看，然后又以极慢的动作盖了过境章，前后折腾了七八分钟的时间。我们一行共13人，等大家全部搞定，消耗掉了近2个小时的时间。

简洁秀气的口岸城市

布拉戈维申斯克不大，在到达宾馆之前，我们的车兜兜转转不到1个小时，就绕遍了这座城市的东西南北。

相比很多中国城市的发展速度，布市表面上要显得滞后许多：整座城市多是三四层楼高的建筑，除了岸边几座福建人开发的高层楼盘，城中几乎看不到高楼，建筑规模也就相当于我们20世纪90年代的样子。但是整座城市给人的感觉极为整洁，道路平坦通畅，树木郁郁葱葱。楼与楼相对，

在喷泉中冲凉的女孩们

道与道交会，疏朗有致，毫无拥挤的感觉。一些楼道之间还是泥土地，但有郁郁葱葱的植被掩映，感觉不到尘土飞扬。老式俄式建筑的墙壁上，大都有藤类植物蔓延而上，没有规则，也没有重复，泛出青翠喜人的绿色。

我们住在市中心的友谊宾馆，七楼的房间正好对着黑龙江，能清楚地看到黑河市高耸的楼房。导游王姐说这个酒店在当地算是不错的，按国内的标准能算得上三星级。但这个号称具有百年历史的酒店，除了大堂看上去稍有档次，房间的设施配套却简单到极致，大约 10 平方米的房间内放着一张窄小的木板床、一台老旧的东芝牌 14 寸彩色电视机、一台中国产的电风扇，仅此而已。虽然条件简陋，却十分干净，没有灰尘和异味，非常安静。偶尔遇到俄罗斯人，他们总是轻手轻脚地路过和轻声说话。

让人比较感兴趣的是房间里的那张小床，甚至比我家的儿童床还窄小，想想俄罗斯人都是人高马大的，这样的小床如何能睡得安稳？后来一打听才了解到：俄罗斯的睡床普遍窄小，他们的观点是，宽敞的床只能滋生懒惰，只有把床做得窄小，人们才不会贪睡。

只是，现实和理想往往有差距，在我看来，俄罗斯人比我们要懒散得多。

小女孩很大方，面对镜头笑意盈盈

俄罗斯怀旧之旅

布市的主要景点相对集中，因此就算是走马观花般的游览，也不必行色匆匆。只是在陌生的国度，加上对俄语完全哑火，我们只能屁颠屁颠地跟着王姐走。

俄罗斯人大多信奉东正教，所以城市的教堂一定是最为著名的建筑之一。此外，因教堂的建设、维护经费全部来自社会募捐，一般都允许外人参观，但在院墙内拍

新建的东正教教堂，镀金的洋葱头在阳光下金光闪闪

照是不被允许的。虽然教堂的体量相较于欧洲的大教堂小了很多，但颇具历史意义。王姐带我们参观了一座新教堂，它由两座瓦蓝色的八棱锥塔组成。主楼上还有几座副塔，塔尖都如洋葱状，所以这个教堂也有"洋葱教堂"之称。

在黑河就能清楚地看到胜利广场的凯旋门，它始建于1891年，是为了纪念沙皇尼古拉二世来此访问，十月革命后被摧毁，2005年按照原来的样式重建。广场上有一座纪念在"二战"中牺牲的无名烈士纪念碑，碑下有几束鲜花，王姐说这些都是新婚夫妇放的。在布市，凡是青年男女结婚，都会主动到这儿给先烈献花，意为不忘历史，缅怀先烈，珍惜今天的幸福生活。

在胜利广场的旁边有几处布市建城早期的建筑物，都有上百年的历史了。在布市，这样的建筑只能修缮，不能拆除，这是一种对历史的尊重和保护。其中一座巴洛克风格的建筑与哈尔滨的秋林商场很相似。王姐说，这里原来也是布市最大的商场，也叫"秋林"，只是现在改作博物馆了。

列宁广场和胜利广场相隔不远，也紧邻江畔，是一处街心花园式的敞

地方博物馆中的历史照片

开的园林。许多小孩在广场上嬉戏追逐，欢笑声不绝于耳。广场左侧有一座列宁铜像，列宁站立在高台上，跟电影里一样伸出右手向大家打招呼，旁边则是宽广的道路，道路对面是布市市政厅和议会大厦。

今天，列宁创建的苏联虽然解体了，但人们仍然把他的雕像完好无损地保留了下来，这既体现了俄罗斯人对历史和客观事实的尊重，也可以看出列宁在俄罗斯人心目中有不可动摇的地位。

在俄罗斯家庭做客

第二天早饭后，我们到城外的俄罗斯农家做客。车从结雅河大桥上驶过，桥长 1.8 千米。结雅河是黑龙江最大的支流，河岸上零星停靠着各种小车。再往前走，便可以看见一望无际的平原上点缀着几个小湖泊，邻近的几个湖旁还可以看到车辆和游人。

王姐说俄罗斯人生性慵懒，一到周末往往驱车到郊外度假。布市的人均工资比中国高一些，一般公务员的月工资在 1 万元人民币左右，日常消费则比我们高三分之一。因此，周末总有不少人选择去黑河度假。这边的汽车很便宜，尤其是日本的二手车，完全是免税的，价格就三五万元人民币。布市的街上几乎没有宝马、奔驰等高档小车，大部分是日本产的右肽车（方向盘在车的右边），而俄罗斯本国的车辆却是左肽车。如此混搭行驶，看起来秩序却并不混乱。

大约半小时后，我们的车子在一处较大的村庄停下，村庄约有 50 户人家，零零散散的，各家都有一个大院子。新房子多半是砖木结构的小型独立建筑，而旧房子中则有不少是俄罗斯特色的"木刻楞"——一种墙体大部用粗长原木或长条木板制成的房子。

乡下民居里的女主人很热情

我们走进一幢木刻楞，主人是一位年近七十的老太太，一见到我们便喜笑颜开，尽管语言不通，但她的微笑却令人温暖。

她家的园地很大，且用木头篱笆围着，篱笆旁边种满各种颜色的小花。院里没有散放的牲畜和家禽，仅有一只大狗和一只小猫。房子后面是一片菜园，种有各种蔬菜和果树。老太太家的房间很干净，各种物件排列得整齐有序，虽然没有什么高档的电器，但一些颇具俄罗斯特色的挂毯很是吸引我们的眼球。除此之外，屋内最显眼的就数取暖设备了，看似简单，实则功能强大，既能取暖也能做饭。布市的冬天非常寒冷，取暖是老百姓生产生活的一个重要需求，政府和居民都不敢忽视，所有建筑物从设计起就充分考虑到保温和取暖的需要，以确保人们能够熬过漫长的冬季。

两天的布市游给我留下了深刻的印象。无法否认的是，尽管布市看起来比我们的城市要落后一些，但我们遇到的绝大部分当地居民都衣着得体，神色悠闲，除了偶尔遇到一些手持啤酒瓶的酒鬼，更多人很从容地享受着生活——推着婴儿车散步的年轻的父母，骑着自行车在江边晃荡的年轻人，在广场喷泉池里游戏的孩子，还有在江边享受阳光暴晒的人们……似乎他们从来没有生活的压力，可以无忧无虑地过日子。

夕阳西下时我们回到黑河，尽管黑河相对也是一个悠闲的小城市，但相比布市那种慢速生活给人带来的幸福感，显然还是逊色一些。

冰川国家公园，
万千美丽集一身

　　早上 9 点晃晃悠悠从黄石公园的西门小镇出发，沿着 93 号公路向西北方向行驶，不久便看见左边绵延的雪山倒映在了清澈平静的湖面上，如画一般静谧唯美。头顶瓦蓝的天空上飘散着大朵大朵的白云，它们的影子如同一双双温柔的手，轻轻地抚摸过平原山林，不断向前延伸。

　　美国西部的公路大多是寂寞的，尽管路面不宽，但车辆稀少，也不用担心路上会坑坑洼洼，稍不留神就会超速。偶尔经过一小段正在修缮的路面，几千米外就有明显的路牌提示。靠近时，身着黄色套装的养路工人正举牌指挥着作业，我们路过时放下车窗，他微笑着说"hello"。今天全程大约 600 千米的路程，路上没有什么耽搁，我们开了大约 6 个小时。

　　6 月初的西部没有想象中荒凉，越是接近冰川国家公园，植被越是丰富。经过一处山坡牧场，三三两两的牛羊低着头自顾自地享受美餐，阳光照耀到它们的背上，暖暖的、柔柔的，闪着迷人的光芒，我心里也跟着温暖起来。

　　进入公园西门，两边是茂密的松林，林间点缀着许多盛开的茸茸的草本植物熊草，透亮耀眼。公园地图上有一张介绍熊草的照片令我念念不忘：前景是几株迎风飘扬的熊草，远景是皑皑雪山。遗憾的是，尽管几天来我一直挂念这个场景，可还是无迹可寻。后来细想，这样的风景应该是在某条足够原始的徒步路线上拍摄的，只是因为没有明显的信息，我们无从得知。

我们住在西门麦当劳湖湖畔酒店，这是一家有着百年历史的全木制酒店。酒店里还专门有个博物馆，详细介绍这里的前世今生。不过住宿区域内没有手机信号，只有在大堂里才可以接收到无线网络信号，但这又有什么关系呢？人们来到这里，不正是该静下心来，享受这雪山、湖水、森林相映的无处不在的美景吗？

大堂里有人拿着笔记本电脑或手机在那儿上网，这是唯一和外界保持联系的方式。更多的人则三三两两围坐在壁炉前，或看书或发呆。即使聊天，也是细声细语，生怕打扰到别人。壁炉右侧有一台老式钢琴，供客人自娱自乐。无论是满头银发的老人，还是天真可爱的小女孩，只要有人上前弹奏，无须报幕，大家都会停下手中的活计来侧耳倾听。如果弹奏的是轻松欢快的曲调，大家还会跟着节奏一起拍手，最后报以一阵阵热烈的掌声。

酒店大堂一角摆放着一架老式钢琴，偶尔有客人上去弹奏，曲终总会收获大家热烈的掌声

麦当劳湖是公园内最大的湖泊，长约 18 千米，平均宽度为 2.5 千米。我们喜欢在日出或日落时分造访。阳光渐渐漫过远处的冰川雪山，这是一天中最美的瞬间。此时眼前的湖光山色美到极致，令人感动。忽然有野鸭子划过平静的湖面进入镜头，我一边惊呼一边慌忙按下快门，定格下这意外的惊喜。而对岸的树林，小部分因山火而枯黄一片，却仍齐刷刷地站立着，似乎要顽强重生，别有一番独特的风情。

坐在湖边的木栈道上，脱下鞋子把脚泡进水中，冰凉透心。不远处有两个金发碧眼的小男孩正捡起石块扔进湖里，一瞬间我如同回到了自己的

最喜欢傍晚的麦当劳湖，飞鸟掠过漫天的霞光

孩提时代。于是也来了兴致，在附近找了几块薄石片，然后尽可能贴着水面甩出，竟跳出了一连串美丽的水花。

地图上关于冰川国家公园景点的标注密密麻麻，其中一大特点是山间步道多。许多条精心布局的山间小径连成了一张网，选择任何一条都可以游览藏在其中的冰川、湖泊和溪瀑。著名的步道多集中在冰川群，比如著名的格林内尔冰川步道和冰山湖步道，每条步道来回约6个小时。一天走一条这样的步道从理论上来说不会太累，但毕竟我们不是徒步一族，背上笨重的摄影器材折腾一天下来肯定累到东倒西歪，再说路上还可能遇到黑熊。若真的遇到，该逃跑还是留下拍照，这是个问题。至于结局是喜是悲，天知道。

最终我们选择了难度中等的 Avalanche Lake Trail，这也是向阳大道西线的热门步道。起点在 Avalanche Creek，单程2英里（约3.2千米），垂直高度300米，全程3小时。在林中穿行很是阴凉，山路右侧有溪流经过，水流清澈湍急，断层处会形成小瀑布。还会和小鹿不期而遇，它们看起来早已习惯人来人往，有时就横在小路中间不慌不忙地吃着路旁的蕨类植物。这时，大家都自觉地停下脚步等着，尽量给它们一种安全感。人与动物和睦相处，信任和谦让尤为重要。山路是泥土路，上面还有碎石块，之所以没有被修建成栈道供人们行走，可能也是为了动物们的活动空间不受改变和约束。而我却惨了，在一下坡处不小心脚底打滑，结结实实地摔了一跤，代价是手臂擦伤流血，屁股隐隐作痛。不过还好，相机没有磕坏，脚没有崴到，不至于影响到接下来的行程，也就没有影响我继续看风景的好心情。

步道的终点是一个冰川湖，湖水是冰川湖特有的漂亮的蓝绿色，湖面上漂浮着一大片枯树干，可以借助其从岸边走向最靠近湖心的树干上拍照留念。正对面是高大的冰川雪山，它们呈圆弧状半环绕着湖岸，山壁上有三条融雪形成的瀑布高高地垂下。微风习习，吹皱了一池湖水，雪山瀑布的倒影隐隐约约。湖面上，几只大雁互相追逐嬉戏着，忽而一起潜水翘起

坐在冰川湖的湖边枯木上发呆，冰川飞瀑，湖光山色，美不胜收

屁股，忽而一起掠过湖面，动作整齐优雅。

公园草坪上有不少土拨鼠，它们不仅不怕人，而且还会向人讨要食物

眼前的冰川是公园内仅存的 25 条冰川之一，据黄石公园的官方预测，这些冰川将在 20 年内消失。所以我们现在所见的场景，以后很可能只存在于历史资料中。而在 1910 年建立之初，公园内分布着大大小小 150 条冰川，无法想象那是何等壮观。1932 年，冰川国家公园与加拿大的沃特顿湖国家公园一起成立了沃特顿冰川国际和平公园，这是世界上第一个跨越国境的国际和平公园，随后该国际公园入选了世界自然遗产名录。

公园最为著名的景观是向阳大道，它从麦当劳湖沿岸经洛根山口地区到达东门的圣玛莉湖，全程 52 英里（约 83.7 千米），车程 1 个半小时。几乎每个来这里游玩的人都会沿着这条景观大道边走边看。但遗憾的是，酒店总台服务人员告诉我们，洛根山口因为雪崩导致道路中断，要去圣玛丽湖只能从公园外绕行，不但要多开 1 个多小时的车，许多美景也只能错过。Joanthan 说那边的日出无与伦比，不应该被错过。本来我们计划预订一天东门的 Many Glacier Hotel，这样不至于来回奔波，只是因为来早了几天，这个酒店还处于冬歇期，要过一周才开门，老美做事的风格也真是随心所欲。

无奈之下我们只好在凌晨 2 时 30 分出发，然后一路狂奔，5 点 15 分赶到圣玛莉湖景区中的急流湖边上。

急流湖不大，在公园内大大小小 250 多个湖泊中本容易被忽略，但因为有高大的威尔伯山相陪衬，显得卓尔不群。因此，Many Glacier Hotel 这座北欧风情的褐色木结构建筑选建在这里，与威尔伯山隔湖相望，相看百年也不厌。据说在旅游旺季，最幸福的事情之一就是能够预订到这里的湖景房。

风很大，三脚架差点被吹倒。站在湖边明显感到冷意袭人，威尔伯山的倒影却完全看不到。云层也厚，昨晚满天的星星不知去哪儿了，我心里不免忐忑：如此长途奔袭却看不到日出，那真的是一种遗憾。

心灰意冷地躲在车上闭目养神，忽然听到Joanthan兴奋大叫："云彩红了！"我连忙以最快速度下车架起相机，安上快门线和镜片，一时显得手忙脚乱。不一会儿，云彩越来越红，之前厚重的云层居然也亮了。再之后，阳光从云层之上直接洒在威尔伯山山尖以及相邻的雪山上，我们一边按快门一边感叹自己幸运，个个喜笑颜开。原来，给点阳光就灿烂只是一种情感的自然流露，并非夸大其词。

爬上酒店前方的山坡，可以把整个酒店和急流湖、威尔伯山一同收入眼底。古朴的建筑和周遭的环境融为一体，显得大气协调。

返回东门附近，忽然看到湖边树林里有一只"四不像"悠然走着，于是换上400mm长焦一路尾随。它似乎觉察到我们的存在，不紧不慢，始终与我们保持着二三十米的距离。远处的雪山，近处的湖泊、树林、草地、野花，无一不令人陶醉其中。

再往前，右侧有一条赫赫有名的瀑布步道，我们观赏了巴林瀑布和圣玛丽瀑布，一路上山花烂漫，溪流众多，景色美不胜收。但我们没有走到维吉尼亚瀑布，据说这是整个公园里落差最大的瀑布，它高高地悬挂在深山中，在路边就可以远远望到。

冰川国家公园在美国众多公园内的知名度不算高，但却集万千美丽于一身，令人惊叹不已。高山、峡谷、冰川、湖泊、河流、山涧、瀑布、森林、遍地的山花和众多的野生动物，估计也只有在这里才会见到如此变幻多样、精彩纷呈的风景。难怪美国环保运动先驱约翰·缪尔会由衷地赞叹其为"北美大陆上最能让人忘却忧愁的风景"。

我深以为然。

威尔伯山上的第一缕光来之不易，令人印象深刻

虽然这缕光极为短暂，却美得让我们感动

比斯蒂，

风走八千里，

不问归期

1

站在比斯蒂南区入口处，风呼呼吹着，四周寂寞空旷，虽临近傍晚，依然炎热。

偌大的停车场一共只有 3 辆车，孤零零的，让我有点怀疑是不是走错了地方。

穿过一座小铁桥就到入口处，许是旱季，桥下露出干涸的河床。简易的布告栏里贴着一张地图，上面有几幅褪色的照片，并标出了几处颇有吸引力的景点名，包括比斯蒂的标志性景点 Cracked Eggs。

比斯蒂不是国家公园，也不是州立公园，准确地说，比斯蒂其实就是一片蛮荒之地，以前是怎么样，现在就怎么样，将来也不会改变。美国国会 1964 年通过了《荒野法》，这是专门为这种荒野设立的法律，以保护它们不被人类活动的行为所干涉，成为"不受人类束缚的土地和生命"。能考虑到给子孙后代留下一块毫发无损的土地，不得不说他们很有前瞻性。

因此尽管建有官网，但比斯蒂似乎不太欢迎别人的探访，可供参考的

风走八千里，不问归期

资料寥寥。倒是有一些明确的禁令，比如禁止燃营火、不得带走各种化石、不得攀爬等。甚至提出，不得超过 8 人在此成群结队出游。

没有游客中心，没有指路标志，没有距离方位，没有手机信号，没有安全保障。当然，人家也没有收取门票费用。

比我们先抵达数分钟的是一对年逾五十的夫妇，他们看了看地图，一脸的踌躇不决。

礼貌性问候闲聊时，他们问我，你们确认这么晚还要进去看看？听说许多人在里面迷路了。

他们不知道，为了不错过这个日落，我们天亮就出发，开了大半天的车直奔这里。我和三通在入口处的小铁盒里的本子上填写我们的名字和进入时间时，他们离开了。

偌大的停车场只剩下两辆车。

2

风呼呼吹着，四周空旷寂寞。

我们沿着干涸的河床走着，脚下是一片一片龟裂的灰土地以及顽强生长的枯黄蕨草和扁长的仙人掌。大约 1 千米外，一座双峰的土山坡格外突兀显眼。

三通手一指，看，双乳峰！好吧，我们有了一个标志性的参照物。

没有指路标志，没有 GPS 定位，唯一的参照物是地上留下的三三两两的脚印，我们依照脚印的走向和手机拍下的简易地图边走边自我纠偏。

大约走了 1 小时，翻过一排低矮的土墙，眼前豁然开朗，我们看到一处颇具规模的石头群，此时离日落不足 20 分钟，光线正好。继续集体按图索骥找寻 Cracked Eggs 的结果很可能是西瓜没得到，连芝麻也丢了，于是我们决定就地拍摄。我让无人机在风中寻找，四周寂寞空旷，根本找不到 Cracked Eggs 的痕迹。

落日余晖中的岩石，色彩温柔而生动

3

夕阳很美很柔和，我坐在一块坚硬的石头上静静欣赏。来不及换个角度，天边就只剩下一片绯红醉人的色彩了。

查了手机日历，农历八月初一，正是星空最为璀璨的时候。我们一拍即合，反正都迟了，索性看个星空再回去。其实，在这样的地方谁想先走也不行。我看到网上为数不多的攻略中有人提及，他们曾经在夜晚看到过目光闪闪的野狼。当然，我谁都没告诉，没必要看个星空还让大伙儿战战兢兢吧。

日落 30 分钟后，星星逐渐显现，之后，银河在头顶上形成一个巨大的拱形，闪烁着迷人的光芒。根本没有足够的时间去尝试曝光星轨，焦距 12mm 的老蛙头还远远不够广，而真正想把漫天的星星都装进记忆的匣子，只能依靠无敌的双眼。这夜的星星，多过那晚美丽的特卡波的。

晚上 9 点刚过，拍完最后一张星空下的合影，我们想起至少还有 1 个小时的徒步路程，这下心里多少有点发怵。还好，在星空下仍然可以轻易辨别出黑乎乎的双乳峰的轮廓，虽然行进中有个小偏差，走了一小段弯路，但最后我们还是果断纠正了，

比斯蒂拥有世界上最纯净的星空

191

当看到入口处的铁丝网时，我长长地舒了一口气。

头顶的星光更加璀璨，风呼呼吹乱了人的头发，在比斯蒂漫无边际的荒原上走着，你怕了吗？

4

一夜没睡安稳，心里惦记着第二天的行程。经过昨晚漫无目的的跋涉，我们心里都清楚，仅仅凭着那张简易的地图，想在莽莽荒原顺利找到 Cracked Eggs，需要多么好的运气。

我们没有时间浪费，也不能侥幸冒险。毕竟，错过了就不知道猴年马月才能弥补。

在最初的计划里，壮壮根据有限的假期做了 A、B 两条线路的方案，A 线路的亮点包含了西南的比斯蒂，B 线路则将其替换成西北的大提顿和黄石公园，考虑到部分友人对黄石公园的迷恋，我们最终确定了 B 线路。但我只因在攻略上多看了比斯蒂一眼，便再也无法忘记那如同外星球般的荒原地貌，心想美国线路今后不太可能每隔两年就有，所以想方设法把比斯蒂加入先遣团的计划。现在，原本遥不可及的 Cracked Eggs 就近在眼前，我还有什么理由错过？

终于在早餐之前，我在网上找到了一份详尽的攻略，里面包含了 Cracked Eggs 等几个主要景点的经纬度，至于具体怎么付诸实施，那是理科男的事情。

5

出发前，三通顺利搞定了经纬度的 GPS 定位，我们顿时对找到 Cracked Eggs 充满信心。考虑到傍晚的光线柔和，我提议先去北区的 Stonewings。

攻略很是详尽细致。在拐上通向北区的那条毫不起眼的碎石沙土路后，我还有点迟疑，等看到那座孤零零的教堂时，一切景物变得亲切起来。

北区比南区还萧条，没有一丁点儿的提示标志，关于比斯蒂的介绍更是完全空白。跨过铁丝网踏入低矮的草丛，有时会看到浑身长刺的仙人掌，一不小心裤脚就会被挂住。

穿过一条蜿蜒干涸的河床，远处有一座类似昨天双乳峰的土山坡，只是有高低落差。我们调侃让三通去弥补遗憾，他假装听不见，远远地把我们甩在了后面。

有了谷歌离线地图和经纬度的支持，我们的线路不再东摇西摆。四周依然寂寞空旷，除了我们自己，看不见一个人影。

相对南区灰暗的主色调，北区的色彩明显要亮丽一些，远远地便能看到棕红色的山体，倒是和张掖的丹霞地貌有几分类似。

6

天空湛蓝湛蓝，正午的阳光把一切景物照得生硬，这当然不是一个摄影的好时间节点。好在气温正好，空气洁净，清风拂面，正适合徒步。

大约走了20分钟，绕过双乳峰，我眼前出现了许多形状各异的砂岩，有的瘦削，有的臃肿，有的绵延成一堵巍峨的山墙。令人称奇的是，山体中间部分大都呈米白色，底部则呈灰黑色或火红色，而顶部，却是清一色巧克力一般的棕红。尤其是最为瘦削的那块岩石，远远看起来神似一个亭亭玉立的女子，倘若在中国某个景区，它大概会拥有一个极其俗气的名字——望夫石。

其实我更关心的是，这一片神奇的地方，如果沐浴在清晨活力四射的阳光或傍晚温柔梦幻的光影中，那该是怎样的一种惊艳?

我在那幅标有经纬度的地图上找到了这里的名字——Braun-beige Hoodoos。虽然这里只是我们寻找Stonewings的前哨，却让我们惊叹。

7

GPS在莽莽荒原显得有点飘忽不定，三通每一次校正往往需要一溜小跑才能给出确定的搜寻信号。我呢，一靠信念，二凭运气，然后朝确定了的方位挺进。

本想沿着河床绕过那些陡峭的山坡，但走着走着，嶙峋的山石后，河

奇怪的是，Stonewings 都是朝着同一方向延伸

床越来越窄，最后顺着布满石头的山洞直接挂在了山脊上。右边是一面山壁，攀登左边的斜坡则充满太多的不确定性。想了想还是继续往前，反正也顾不上体面，哪怕手脚并用连滚带爬。

都说无限风光在险峰，好吧，心里念着的那些会飞的石头，哪里能轻松就飞到身边。

登高而望，前方沟壑纵横，石头散落一地。再往前靠近崖边，是一片遍布各种石头的山谷，看那石头顶部呈跃跃欲飞的形状，应该就是我们要找的 Stonewings。

回头看同伴，无一人跟上，我于是大声吼叫。风呼呼吹着送来回应，只闻其声，未见人影。

8

Stonewings 和想象中的一样飘逸，一脸孤傲地立在这莽莽荒原之中。

只是阳光晃眼，天空少有云彩，这时候见到的 Stonewings 终究不够生动。

我饶有兴趣上蹿下跳地找寻角度拍着照片，幻想石头飞起来的样子。

前方，有很多的未知和惊喜

最后累了，倚坐在一块平整的大石头上，留无人机在空中随意飞翔。

离开时，我忽然开始想象这里日出时分所能迸发出的如火般的热情。我说，要不我们明天一早过来拍个日出？

我听到他们轻轻的附和声，听起来似乎底气不足。

事实上，我对自己的提议也没有把握。毕竟，近1小时的车程，再加上超过1小时的摸黑徒步，我，我们，走着走着，会害怕吗？

9

下午3点15分，回到南区停车场，除了我们，偌大的停车场还有一辆车。不管如何，这里至少比北区有人气。

午餐是面包、榨菜、自带温水，以及苹果和香蕉。

临走时，为了尽可能减轻负重，我们决定少带一些矿泉水。刚绕过缠着铁丝网的木栅栏，三通折回去又取了一瓶水，我稍微犹豫了一下，错过了最后一次补救的机会。

月月连相机都不带。她悠悠地说，我们家老刘说了，我用手机拍的效果和相机差不多。

今天在登记簿上留下记录的人更少，我们是第三波。算上我们5人，从南区进入比斯蒂的游客一共只有9人。签下名字的时候，我莫名地有一种纳投名状的豪壮感。

10

我们沿着西南方向行进，GPS又调皮了，三通只有来来回回地蹦跳它才肯正常工作。

这个方向的地形比昨天的崎岖多了，一路上多是山坡丘陵。说是河谷，走着走着就到了坡顶。好在每一次翻山越岭后总有不同的惊喜，各种被风蚀的石头点缀在青灰的山谷中，倒是增添了几分生气。

我们今天的目标明确：Chocolate Hoodoors 和 Cracked Eggs，其他风景都只是路过。

不想半个小时过去，Chocolate Hoodoors 仍然不知所终，据地图上的标尺显示，大约也就1英里（约1.6千米）的距离，如果方向正确怎么也该到了，看来是我们偏离了方向。

估算一下时间，我们商量决定放弃 Chocolate Hoodoors，直接去找 Cracked Eggs。毕竟，这才是整个比斯蒂行程的重点。

我们爬上最后一个山坡后确定方向，只见眼前巧克力色的岩石连绵了整个山谷，蔚为壮观。哈，原来这就是 Chocolate Hoodoors 啊！

本想放弃寻找，却出现在眼前。看来我们和你的缘分，注定躲也躲不开。

此时的阳光仍然过于生硬，只是我们无法在

地上散落的巧克力色的石头，应该曾经在这些大岩石的顶部

当我们决定放弃寻找这片巧克力色的石柱时，它们却出现在了眼前

这里等待柔和的光线。如果还有下一次，我会给这里留出一早一晚的温柔时光。

顺着一处平缓的坡下到谷底，仰头看又是另外一种震撼。大自然肆意生长的原始力量，是你我无法言说的神奇。

那里有许多惟妙惟肖、令人浮想联翩的石柱，有人看到了丹凤朝阳和戴着白帽子的滑稽老头，我则看到一头骄傲地昂着头的猪。

11

没敢久留，半个小时后继续起程，风带来越来越多白色透亮的云彩，肆意涂抹在天空这幅湛蓝的画布上。我说，今天我们必定能够看到无比灿烂的晚霞——我心里一直惦念着死谷那不可思议的漫天晚霞。

沿途的风景充满了各种奇特之处，也许它们都有自己的名字，也许搁在别处，它们都是一处令人念念不忘的风景。只是我们心中已有牵挂，便心无旁骛或随手拍了两张，或根本无暇细看，匆忙而过。

又走了半个小时，我们不知翻越了多少个山头，到处都有前人留下的或深或浅的脚印，甚至还看到了马蹄印。我们自我安慰、自我鼓劲说方向肯定不会错，但即便站在高处向远望，仍然望不见 Cracked Eggs 的踪迹，四周空荡荡的，除了风呼呼吹过的声音，世界似乎静止了。

我们有些着急了。

途经许多不知名的岩石区，找好角度都能有新发现

12

路越走越长，腿越走越软。问题来了，即便唇干舌燥，却也不敢大口喝水——我带来的水太少了。

GPS 显示 Cracked Eggs 就在附近不远的地方，但顺其指向依旧是山谷绵延。但我实在不想再绕路了，前路再难，也得找出一条通往 Cracked Eggs 的捷径。

几乎是在相互搀扶接力的情况下，我们小心翼翼下到了河谷，连滑带冲，裤子脏了、破了无所谓，我心里最担心出意外。月月、子非鱼和我三人的腿脚都曾不同程度地受过伤，一个微小的失足都可能造成严重的事故，在这没有手机信号的莽莽荒原，后果不堪设想。

艰难下到山谷，回头望不到来时的路。其实哪还有路，我们根本无法原路折回。

河谷遍布砂岩群，许是年代更加久远，各种形态传神无比，给人巨大的想象空间。大自然就是这么奇妙，你用心看世界，世界也会给予你浮想

198

联翩的空间。

我最喜欢的是那些散落的木化石，一切都以最原始的状态存在着，即便用手触摸，也分不清是木还是石。

13

走近一处貌似正在咩咩叫的羊形石，GPS 显示 Cracked Eggs 近在咫尺，三通四处跑着跳着找出口，最后确定我们需要绕到山的背面。

原来我们所处的位置是在山坡上，背面是一片极为宽阔的河床，这里正是 Cracked Eggs 集中散布的地段。我们先前经过的河谷，足足要比它高数十米。而那张网上流传的以 Cracked Eggs 为前景的照片，背后的山峰正是我们刚刚经过的散落了满地木化石的地方。

我曾经对着照片审视了无数遍，那山的轮廓早已在脑海里印成了模。但身处其中，即使我有无限的想象力，也无法做到了然于胸。

这是一个相对平行却错落的横侧面，我和三通来回观察了好几次，发现很难在这里找到一个稍微平缓的切入点。最后只能依靠简单原始的动作，一路滚爬，从砂岩间尖窄的缝隙里闯出一条下坡道来——这里完全看不到脚印的痕迹。

我们千辛万苦寻找的 Cracked Eggs，还好，在我们自己还没有 cracked（疯狂）之前，有惊无险地出现在了我们面前，漫不经心却热烈奔放。都说这里是来自外星球的馈赠，此时此刻，我深以为然。

两个多小时略带忐忑的跋涉令人身心俱疲，一时松弛下来，我竟然坐在地上做了一个色彩缤纷的短梦。

绕过这块"羊石头"，终于看到了 Cracked Eggs

我们努力找到的"恐龙蛋"，背部的纹路在光影的作用下特别迷人

14

梦醒后，阳光仍然温柔地笼在 Cracked Eggs 上，色彩迷人，如同梦中的颜色。

有人把 Cracked Eggs 叫成"恐龙蛋"，大概是除了形状有几分神似，还有说明它们的形成至少是在无法估算年代的 long long long long time ago 的一层意思。

你看到那只柔柔光影下的尼莫了吗？那才是我在 Cracked Eggs 最喜欢的精灵。那一刻，我望着它，眼角湿润，心里满是暖暖的温情。

夕阳很快落在山的那一边，天边云彩的颜色越来越丰富，淡蓝、淡黄、金黄、粉红、绯红、胭脂红、玫瑰红等各种色彩交替变换着，令人目不暇接，手忙脚乱。我的无人机飞到很远的地方去巡游了，它一定比我们更享受这个无与伦比的黄昏。可我呢，在换相机拍摄时，竟然差点忘记了它的存在。

我知道，这里的星空一定也是任何地方不能与之相提并论的震撼。但我更知道，回去的路程是漫长且不可预知的，我们这几个无补给、无后援的非专业野外徒步者不可以冒险。

天黑之前，我们必须找到一条正确的路。

15

暮色四合，我们离开 Cracked Eggs，一步三回头，依依不舍。

回去的路上我们一度偏离方向，却因此意外看到了知名的比斯蒂拱门，据说这里是拍日落的一个绝佳地。但光看照片，你完全无法想象这个拱门有多小。

我目测远处山峰的方向和高度，决定还是顺着河床向西，大家一起越

所有的磨难在这样的美景面前都可以忽略不计

夕阳从传说中的比斯蒂拱门中透过，迸发出迷人的光芒

过了几处蛇形的弯道。相较于来时，回程显得容易了些。

昏暗中看到了双乳峰的影子，所有人精神为之一振，长吁了一口气。聊天的气氛也轻松了许多。

终于，从离开 Cracked Eggs 开始算，近 1 个小时后，我们成功回到了南区停车场。为了庆祝这个令人欣喜的成就，我们在南区入口处拍了星空，这一夜，银河依然璀璨。

我不可救药地想象着星空下 Cracked Eggs 的样子，有一种心痛的感觉。早知回来的路途如此顺利，怎么说也要留下来拍个星空再走。

没有人再提及明天早上去北区看日出的事。

有人把比斯蒂（Bisti）直译作"必死台"，透露出江湖的杀气，其路途之艰难可想而知，还好我们全身而退，毫发未损。

风呼呼吹着，似乎从四面八方而来，辨不清方向。风走八千里，不问归期。

Cracked Eggs 的夕阳，不用说，美丽无比

阿斯彭，

风儿吹来秋天的气息

似乎，人们很容易就沉湎于这无边的秋色中

早上从丹佛市区出发时，天空还是一脸不开心的样子，阴沉得很。到了午后进入科罗拉多山谷，一场突如其来的瓢泼大雨过后，阳光冒出头来，洒在色彩明丽的山林上，秋意渐现。远处的雪山上，乌云退去，山峰清晰可见。

过了阿斯彭小镇，秋色愈加浓郁，风过处，叶子缓缓飘落，甚是优雅迷人。我们继续往前，朝着前方一溜雪山的方向一路蜿蜒而上，经过一处折拐的斜坡，童话般的斯诺马斯小镇忽然出现在面前，我们不约而同地发出"哇"的惊叹声。

1

在丹佛和大部队会合后，有了壮壮的引领，我就不再关心阿斯彭的具体行程。因此，当确认眼前的斯诺马斯将是我们连待三天的目的地时，所有人都很兴奋，甚至忘了关心早已错过的午餐。

原来，秀色可餐并非说说而已。

有人说，阿斯彭和斯诺马斯仿佛故事书中的

山间蜿蜒的公路将人的思绪也带向远方

一幅画面：白雪皑皑的雄伟山峰、草木繁茂的森林、夜幕下灯火闪烁的迷人的山中小镇。真正身临其中，如同走进画里。

我们酒店的阳台所对的半山坡，到了冬天便是天然的滑雪道，当然对于我们来说，最美的还是此时的深秋——雪山和五彩斑斓的树林相辉映，一切都是最美的存在。

2

也并非只有我们这些人对白河国家森林公园中的褐铃湖情有独钟，我们先后两天来到这里拍摄，遇到的多是熟悉的脸孔。尤其夸张的是，我们清晨起个大早前来等待日出，抵达湖边时还是星空璀璨，却很难找到一个好机位。

第一天傍晚云层太厚，冷风吹皱了整个湖面，不过天光乍现时的两分多钟的红云还是令我们心满意足。

而一夜之间，所有的云彩不知所终，我们在满怀期待中迎来一个光板天。好在明镜般的湖面倒映着秀丽的雪峰，温暖的光影自上而下涂抹着，

突如其来地显现了两分多钟的红云让我们兴奋不已

花了近两个小时在褐铃湖边拍到的星轨，遗憾的是北极星不在雪山之上

映衬着湖畔重重叠叠的杨树林和松树林。这是褐铃山经典的秋色，也是阿斯彭最为动人的地方。

拍摄星空是最考验耐心的，零摄氏度以下的湖边冷意袭人，我们都不知道路上刚买的运动式羽绒服可否抵挡这夜的寒冷。但大家更为在意的是，一张用了近两个小时拍摄的星轨长曝的照片，能否画出心里期待的一圈圈美丽的弧线。

3

车沿着蜿蜒的山路开着，两边金黄色的山杨树无边地蔓延开来。阿斯彭秋色如染，很难界定哪里的景色最美。也许路边随便一片不知名的彩林，只要阳光刚好，就能消磨掉我们大半天的时间。

然而，人们还是乐意去某些知名的景点打卡。知名的杰罗姆鬼镇位于一处陡峭的山坡上，很多人拖家带口地慕名前来，探访这个一度被称为"美国西部最邪恶之城"的地方。

这座古老的鬼城也曾有过辉煌的过往，19 世纪末 20 世纪初，这里蕴藏着丰富的铜矿资源。在铜矿开采如火如荼时，这里遍布妓院和酒吧，喧闹非凡。后来因铜矿产业不景气，这里日益荒废，渐渐成为当地艺术家的美术馆。那些被遗弃或仍在使用的木房子，记录着不朽的往事。

站在那座据说经常闹鬼的 Grand Hotel 前，我心里萌生出一个大胆的设想：如果这里重新翻修一下，挂一块"新龙门客栈"的招牌，是否能够重现往日顾客盈门的景象？

4

通往独立通道的山路风景如画，美国《赫芬顿邮报》曾评出美国境内 5 条风景醉人的山间公路，独立通道排名第一。

从 82 号公路上的阿斯顿小镇往东行驶大约 30 千米，便抵达了落基山脉的支脉沙瓦奇山脉的高山垭口，上面有块牌子上写着：此地海拔达到了 12095 英尺（约 3686.6 米），还好，习惯了高原反应的我这一次并没有什么不适的感觉。

这一路上的风光令人目不暇接，亮丽的山杨树随着海拔的升高呈现不同的色彩，还有常绿的松树和冷杉点缀其中。树树皆秋色，道道俱美景。

然而开车必须十分小心，U 形转弯总是与我们不期而遇，时而也有陡坡和单行道蜿蜒其

听，风吹来秋的气息

中。一侧悬崖，一侧峭壁。遇上滴水路段，又担心结冰，开车更是不敢马虎。因此途中虽然经过无数风景妙不可言的路段，却也找不到合适的地方停车，只有把美景交给眼睛，用心感受。

垭口风大，我们一边躲冷风吹，一边等夕阳。

晚霞并没有预想中的绚烂，但倒映在平静的湖面上，仍令人感到温暖无比。

风继续吹。收工回到停车场，我的朋友在路上说他的无人机刚刚飞丢了，理工男三通根据 GPS 数据得知最后降落点就在不远处。天色渐晚，经过商议，我的车留下去找，另外两辆车的人先回去做饭。

GPS 误差不到 5 米，居然顺利找到了无人机。那为什么我丢的总是找不到?

沙瓦奇山脉高山垭口的日落没有带来漫天的晚霞

人们拖家带口地出来享受这无边的秋色

5

清早离开斯诺马斯时，回望这个童话一般的小镇，我心里涌出诸多的不舍。虽然在这里住了三天，许多地方我还没有好好走走呢。

虽然知道阿斯彭这个地方来一次是远远不够的，但我们又不确定下一次故地重游的时间。

这世界，还有太多美好的地方需要去看看，我怕时间太少，根本来不及回味。

风儿吹来秋天的气息，我们从不停止探寻的脚步。

克雷斯特德比特，
山的那一边

　　从阿斯彭出发前打开谷歌地图，搜了去下一站克雷斯特德比特的路线，惊讶地发现两地几乎位于同一纬度上。如果能跨越科罗拉多的崇山峻岭，两者之间的直线距离至多不过三五十千米，现在却非得绕一个很大的圈，沿途经过好几个小城镇方能抵达。

　　好在一路上秋色甚好，我们走走停停，将时间都放在这迷人的风景上。只是时晴时雨、变化莫测的天气有点令人猝不及防，车子经过蜿蜒崎岖的萨利达山口时，疾风冷雨，迷雾重重，能见度几乎为零。我们只好小心翼翼地低速行驶，心里还真的有些许担心。

　　路过最后一个小镇甘尼森时，雨过天晴，道路右侧有一座小学校，孩子们在操场上踢足球，欢笑声此起彼伏，感觉甚是美好温馨。只是我们的行程已定，只能与很多类似这样的美丽小镇擦肩而过。

1

　　我们住在克雷斯特德比特山脚下的度假酒店区，和镇上有三四千米的距离，两地之间有免费的班车来来回回。为了省去泊车的麻烦，我们每次去镇上吃饭、买东西，这都是不二的选择。

　　克雷斯特德比特是科罗拉多州知名的旅游小镇，春夏看花，冬季滑

雪，而秋天，则有我们最爱的色彩。

夜晚的小镇倒也宁静，许多小店铺早早地关了门。但餐馆酒吧还是热闹的，我们晚上吃饭都得等位。也难怪，我们12人的大团队，随便往哪家餐馆一坐，他们立马就生意兴隆。

晚饭后穿过两条街去超市采购食品，拐出主街后便很少再遇到行人。路灯昏黄，隔着好几十米才有孤零零的一盏，甚至比不上在云层中躲躲闪闪的月光的亮度。

他们的夜晚，寂静如乡下。

2

克雷斯特德比特山本身就是一景，我们到的当天深夜下了一场雪，山

雪后清晨的克雷斯特德比特如同一幅水墨画

阳光洒在林间，金黄的叶子闪闪发亮

克雷斯特德比特郊外山野日出之前那喷射状的漫天朝霞染红了大半片天空，让我们心潮澎湃

峰上银白的雪，陡坡上黑色的松，以及半坡以下金黄色的树林色彩分明，更显妖娆。

其实克雷斯特德比特山四周也尽是形状不俗的雪山，它们大都有属于自己的名字，只不过我叫不出来罢了。

我们没有刻意去寻找某个景点，随意开着开着，觉得位置不错就停下来。当然，关于日出的拍摄点，为了保险起见，我和壮壮还是在前一天黄昏事先踩了点，这样不至于一大清早因睡眼蒙眬迷失了方向。

我们在克雷斯特德比特住了两晚，第一个清晨约定在睡梦中度过，因为我们确定不会有日出，最后也没人愿意去求证。第二个也是最后一个早晨我们虽然也不确定，但再睡懒觉连自己都会瞧不起自己。

果然没有让我们失望，日出之前那喷射状的漫天朝霞染红了大半片天空，足够让我们心潮澎湃。而无人机的视角更是令我热泪盈眶，当它掠过清澈湛蓝的高山湖泊时，天空的云彩倒映其中，更远处的山间云雾弥漫，每一个角度都是一幅绝美的画面。从高空俯瞰，那点缀在树林间和山坡上的一幢幢错落有致的小木屋仿若位于世外桃源。

回程看到湖边坡地树林间有几幢美丽的木房子，正当我们无比羡慕地看着住在里面的人们出来散步遛狗时，居然下雨了。

3

基布勒山口大概是克雷斯特德比特最为经典的景点，沿着科罗拉多第 12 号公路行驶，一路上总会遇上许多停车观景的游人。这样我们也不用时刻注意前方的景色，反正看到路边有几辆车停下的地方，必定有好的景致。

秋色正好，层林尽染。因为出发的时间略迟，阳光多少有点强烈，不过大朵的云彩点缀其中，看上去依然美得不像话。

来这条线的中国人很少，我们遇到的老外大多热情，偶尔还客串一下我的模特，笑容如阳光般灿烂。

科罗拉多第 12 号公路的美丽风景

一路风景，从老旧的柏油路面进入原始的碎石土路毫无违和感，西麋鹿山脉和红宝石山脉的秋色令人目不暇接，很难用恰当的词语描述这么多艳丽的色彩在眼前一一展现时带给人的惊艳。

基布勒山口最后一个点有一块较为宽阔的停车场，有人开着房车在这里过夜，有人支着帐篷在树林间露营，更多人和我们一样，穿过一片茂密的白桦林，徒步约两英里（约 3.2 千米）的山间小径前往欧文湖。

我们气喘吁吁地向上走了大约 20 分钟，都被这色彩斑斓的白桦林迷住了，听风吹树叶沙沙作响的声音，有时还会有落叶在眼前飞舞。坐在杂草堆里抬头看，这美丽的色彩仿佛延伸到了蓝天白云间。我心想，那云飘得可真快啊，说不准一会儿就会变天。大家自拍或他拍了一阵，所摄都美不过这秋色。末了，例行拍完几张合影，说，我们回去吧。

据说欧文湖有着天堂一般醉人的景色，我们都不曾见过，却也无人道遗憾。

山的这边秋色美如画，山的那一边，亦然。

这是科罗拉多最美的秋天，有着梦一般的色彩。

连绵的秋色令人目不暇接

延时自拍很难让动作协调统一，但大家仍然很欢乐

特柳赖德，
天黑熊出没

1

翻过一座座山，穿过一片片林，小女孩脸色一般忽晴忽雨的天气再次令人领略到深秋的科罗拉多的无穷魅力。甚至，有时车窗外下着小冰雹，夹杂着飘扬的雪粒，前方却是晴空万里。

拐进 62 号公路后道路相对平坦多了，我们一路

特柳赖德的景点众多，估计待上一周也走不完

疾驶。因为途中没有预先约定的景点，因此即便看到某些中意的风景，由于没有安全合适的停车点，也只能掠过。

大约下午 4 点 30 分，雨过天晴，左前方蓝天白云下，南博尔迪雪山绵延起伏，熠熠闪光。看到这一幕，我们都不淡定了，不由得放缓了车速。还好，没开多久，发现左侧有个观景台，于是果断将车驶入，一气呵成。

看来这里是个颇为知名的观景点，不时有过往的车辆进来。好在大多

数人没有我们这么执着，他们只是进来看上几眼，然后用手机拍几张照就离开。因此，就算车辆来来往往，也不怎么拥挤。

我查了谷歌地图，此地距离我们的目的地特柳赖德40千米左右，行车不到1小时。反正今天没有更好的选择，我建议留在这里等日落。

只是两个来小时的等待时间的确有点长，每个人都显得有点漫不经心。壮壮在这里遇见国内的女粉丝，便跟她有一搭没一搭地聊天以消磨时光。我找了个机位支起三脚架，然后索性躲在车里休息。

雨过天晴的南博尔迪雪山绵延起伏，熠熠闪光

山路起起伏伏，孩子们骑着山地车满山跑

打了一个盹儿，出来时发现天空的云层随风飘动，雪山上面始终聚集着大量的白云，尽管遮住山峰的很少，但还是阻挡了我想象中雪峰夕照的美好温暖景象的出现。我试图让无人机飞到雪峰跟前，然而"看山跑死马"，之间隔着遥远的距离。

壮丽的南博尔迪山峰起伏连绵，这让我不止一次想起梅里十三峰。

2

在特柳赖德的四天三夜里，令我们印象最深刻的还是最后一美元路沿途的风景。我们花费了大半的时间在这里晃荡着，看云卷云舒，风雨不弃。

秋天的最后一美元路景色如画，遇到晚霞满天的傍晚，更是激动人心

　　幸运的是，我们的每一次早出晚归都有不错的际遇：我们邂逅了彩虹，欣赏了日落，等到了还算靠谱的朝霞红云，目睹了意想不到的漫天晚霞。

　　第三天下午，我们从普莱瑟维尔开始，开着车从整条最后一美元路的起始晃悠到终点，见证了它的原始面貌。全程泥土碎石路，或好或坏，或宽或窄，或陡或平，自然随意。中间还得翻过一座颇为陡峭的山峰，道路蜿蜒崎岖，好在一路上景致美妙，穿梭其中，倒也不觉艰苦。在一片茂密的白桦林中，为了等阳光穿破云层闪耀其中，我们耽搁了太多时间。最后虽然看到晚霞染红了天空，但我们已无法找到一个视野宽阔的地方。

　　而之前走的百万美元高速公路，亦是在险峻的山间穿行，自然风光无限。只是可能因为天气不甚理想，并没有给我留下特别值得回味的印象。

　　路上，无人机再次出事，在一次高速倒飞中，不幸撞上了树。后来在"找机达人"的火眼金睛下，我居然失而复得。

3

特柳赖德是美国最受欢迎的 10 座风情小镇之一，因蓝草音乐节和蓝调啤酒节而驰名。小镇坐落于因冰川侵蚀而形成的狭长山谷的深处。走在街道上，抬头一眼望去，就是壮丽陡峭的落基山雪峰。

我们的酒店位于半山坡，海拔 2900 多米，房间阳台直面一溜的雪山。

酒店所处的位置很好，我们房间的阳台朝东，刚好直面一溜的雪山

酒店餐厅的食物可选择的花样不多，关键还贵。所以除了第一天晚上，我们多是选择去镇上的餐厅吃饭，如果不开车，则要先坐缆车抵达海拔 3211 米的圣索菲亚站，然后再转另一辆缆车下行到海拔 2667 米的特柳赖德小镇。虽然有点小麻烦，但沿途风景超赞，而且，这缆车还免费，想来就来，想走就走。

就这么坐在圣索菲亚站的山坡上等待日出，疾风始终吹不开东边厚实的云层

在圣索菲亚站可以俯瞰整个小镇，环顾四周，皆是连绵的雪山。最后一个早上，我们在上面等日出，遗憾的是风太大了，吹得脸上皮肤都无法舒展，却仍然没能吹开东边厚实的云层，我们最终也没有等到期待中的朝霞满天。

第二天晚上，我们坐缆车去镇上的一家意大利餐厅吃比萨。刚刚出站走过一个路口，走在前面的一拨人就听到右侧一条巷道里有响动。循声望

夕阳迸发出最后的光芒，令人感觉无比温暖

去，居然看见一只黑熊立在垃圾桶旁翻东西，三通随即提醒后面的我们别出声，生怕惊扰了它。此时天色昏暗，街巷中没有路灯，等我反应过来，只看到一团黑影带着嘭嘭的声响遁进附近的林中。

当时我们都有点发愣，但也许是因为人多，好奇和惊喜多于害怕。不过，倘若那只黑熊是朝我们的方向奔来，我们会不会惊慌失措地逃开？可能这样的顾虑显得多余，熊妈妈一定警告过它：人才是世界上最危险的动物。

尽管如此，那晚我们在餐厅外面等位的过程中，有人提出去超市补给点东西。走在昏暗的街上，谁也不敢落单。

4

离开特柳赖德的那天清晨，我们坐第一班缆车到圣索菲亚站的山坡上。左等右等，也没有等到一个满意的日出。

那天我们开了7个来小时的车，傍晚抵达盐湖城时，听说特柳赖德下雪了。

大提顿，
面朝雪山，
去留无意

我一共去过两次大提顿国家公园，一次是在 2013 年初夏，一次是在 2017 年深秋。两次都住在杰克逊湖湖畔的度假村，面朝雪山湖泊，坐享无限风光。

大提顿和鼎鼎有名的黄石公园相毗邻，风头却似乎总是被后者抢了去，人们总是在到黄石公园的时候才会顺带看看大提顿。其实两者风光大不相同：黄石地势相对平缓，热门参观点是五花八门的热泉营造的末日景象；大提顿却以连绵的雪山山峰和高山湖泊著名。

大提顿山脉绵延 200 多英里（约 321.9 千米），几乎在公园内的任一地方都能看见，蜿蜒清澈的蛇河更是给大提顿带来勃勃生机。园内草原、森林、湖泊相间，是许多野生动物的天堂。我们几次和麋鹿、野牛不期而遇，在保持适当距离的情况下互相打量，倒也相安无事。但传说中的灰熊、黑熊、山狮和狼，则一直未曾露面。

相比较而言，我还是更喜欢深秋时色彩斑斓的大提顿。

杰克逊湖的早晨也一样迷人

1

一早从盐湖城出发，一路上走走停停，午后抵达旅馆——Signal Mountain Lodge，别看它只是一个设施简单的旅馆，由于地理位置得天独厚，加上我们的 6 个房间一

杰克逊湖湖边的白头鹰，它是美国的国鸟

溜面湖，更是抢手，至少需要提前半年付款预订。

云淡风轻，料想前些天应该刚刚下过一场大雪，门口的积雪都尚未融化。但有暖暖的阳光笼在身上，也并不觉得寒冷。每个人都懒洋洋的，像泄了气的皮球似的，往门口的红椅子上一坐一躺，喜笑颜开，再也不想挪动。

日落之前，驱车穿过一片茂密的树林，大约 10 分钟后，到达杰克逊湖湖边一处遍布鹅卵石的滩上。记忆中的那棵大树已经倒下，粗壮的树干横亘在滩上，不知当年树上那只和我对视了一个黄昏的一脸骄傲的白头鹰一切可好？

白头鹰是美国的国鸟，美国国徽上的图案就是一只白头鹰，它一脚抓着一把箭，另一脚抓着一枝橄榄枝，威严帅气。

黄昏的杰克逊湖万般温柔，夕阳醉了远处的雪山，染红了整个湖面。我们屏息小心地按下快门，似乎声音稍重一点，湖面上就会泛起影响美好画面的涟漪。

晚餐后，我们一部分人不畏寒冷，再次来湖边拍星空。农历十四的月亮太过皎洁，照亮了雪山，却暗淡了星光。

2

天蒙蒙亮就出发，头顶上还挂着点点星星。

驱车前往牛颈弯等日出，蛇河在这里绕了个大弯，形成一处植被丰富的湿地和宽阔的河面。远处的山脉倒映在静静的河面上，这里是拍摄大提顿日出的绝佳点。

到达时离日出大约还有半小时，已经有人在河边支起三脚架守候了。

我们迅速分散，各自寻找满意的角度，可后来大多数人还是扎堆在一起。虽说这地方并不狭窄，但身处崎岖斜坡和高低错落的灌木丛中，要找到一个不受阻挡又不影响别人视线的位置并非易事。

金色的光线逐渐漫过雪山、树林和河面，我心里还是蛮感动的。

一年之中能有几次这么认认真真看日出的机会？那么一生呢？能有几

牛颈弯被认为是拍大提顿日出的绝佳点

次让你记忆深刻甚至泪承于睫的日出？泰山，黄山，坝上，丽江古城，梅
里雪山，乌代普尔，莫诺湖，梅萨拱门，特卡波，瓦纳卡，坎莫尔……

　　一群野鸭子迎着阳光出来觅食，不时扑闪着翅膀嘎嘎叫着，打破了河
面的平静。

　　蛇河瞭望因1941年美国著名摄影师安塞尔·亚当斯在这里拍摄的一张
黑白照片而闻名。照片中巍峨壮观的大提顿群峰前，蛇河摆了一个优美的
S形曲线，分外妖娆。只是70多年以后，山还是那些山，河还是那条河，
可河边的树都已茂密生长，刚好遮挡了蜿蜒的河道，当年的美好情景再也
不能重现。也许正因为留有遗憾，我们才会对亚当斯的那幅作品过目不忘。

　　回程时，路边草场上的马儿引起了我们的兴趣，我们靠近时它们依然
无动于衷，悠然自得地吃着裸露在雪地上的青草。

　　我说用哈苏来拍合影吧，焦距150mm的镜头使得我按下自拍快门键后
必须快速奔跑20来米的距离。可刚拍完背面准备拍正面时，我悲哀地发现
哈苏又卡壳罢工了，犯了与前年在拍落基山脉时一样的毛病，画面上留下
一道道莫名其妙的条纹，提前了结了它的美国西北之行。

蛇河瞭望最为经典的画面，可惜的是树木挡住了曼妙的 S 形曲线

这样，见书的哈苏 X1D 成了我的备用相机。

午后忽然变了天，天空中的云层越聚越多，原本的湛蓝只剩下了可怜的一小撮，而且随时可能被彻底侵蚀。

我们仍然按照原方案出发，在几个邻近的观景点转了转。海拔最高的大提顿峰被厚厚的云层所覆盖，没了阳光的沐浴，一切显得平淡。

我们索性前往杰克逊小镇采购，今天是中秋节，我们每个房间都有个简易小厨房，大家说好了要自己动手做一顿丰盛的节日晚餐。

集体逛 shopping mall 对于我们来说也不是第一次，女生们轻车熟路，尤为积极。没多久，五花八门的东西便塞满了两辆购物车，当然少不了传统标配冰激凌。

我和在路上去旁边的酒庄买了两瓶葡萄酒，酒的醇香早已忘了，但那富有个性的摆设，当真好看。

杰克逊小镇不大，却十分繁华，各种各样的小店琳琅满目，我们在著名的鹿角公园感受满眼的秋，还帮可爱的一家四口拍了照片和短视频。之后都行、月月消失在街角，后来都行说他们去喝了杯浓香四溢的咖啡。不

杰克逊小镇上鹿角公园前的父女，父亲眼里溢出万般宠爱

一会儿，在路上说他去找都行他们，结果人没找到，倒是给女儿买了许多小礼物。我和鱼去了一家售卖纪念品的商店，里面有各种栩栩如生的野生动物的标本。我买了个印有麋鹿图案的钱包，麋鹿是这里最为常见的野生动物。

天气依然令人捉摸不定，时晴时雨，有时还会下起小雪粒。回去的时候遇上瓢泼大雨，雨停后我们看到了彩虹，等我们好不容易找到一个缺口停下车，它的色彩已然淡去。不过没关系，都说看到彩虹的人是幸运儿，这一天晴晴雨雨，已足够令人欢喜。

其实酒店前的湖光山色已经很不错，但我们总是习惯舍近求远。黄昏，开车到珍妮湖湖畔时，雪山上的云也丝毫没有退散的迹象。起风了，吹皱了一池湖水，吹得我们直打哆嗦。

没犹豫，回去做饭吧。

相邻房间的桌椅搬到位于中间位置的小彭、三通的房间，三张小桌拼成一张可以容纳12人的长条桌。每个房间的人领走自己中意的拿手食材去烹制，大约1个小时后，大功告成，摆了满满一大桌。

中秋夜，举杯邀明月，明月却躲躲闪闪。

秋天，浅黄的杂草在逆光下闪动着迷人的光芒

3

仍然早起，见天空云层乌黑，心里反而有了盼头。

直奔蛇河瞭望，发现那里雾气弥漫，能见度极低，看不到近处的河面，更别提远处巍峨的大提顿峰了。

等待可能没有希望，这雾气一时半会儿不会消散。于是果断离去，朝着东边的方向开去。

没开多久就脱离雾区，这时东边天空红云渐显，色彩越来越丰富。

迫不及待地在一处上坡地段的左侧宽阔之处停了下来，右边是缓坡草地，与一片平坦辽阔的草场接壤，视野开阔。远处，高耸的雪峰清晰可见。

清晨的温度在零摄氏度以下，一阵忙碌之后，才感觉裸露在外面的双手快要冻僵了，连忙搓手跺脚驱寒。东边天空的云彩绯红绯红，阳光透射出来，温暖地在雪山上涂抹着，那一刻，美丽"冻"人。

秋天，浅黄的杂草在逆光下闪动着迷人的光芒，每一个细节都富有生命力。马儿从远处溜达过来充当我们的模特后又溜达回去，一辆农车从草场的土路上疾驰而过，扬起一车屁股的尘土……

折回蛇河瞭望，雾气基本消散，仍有几个摄影人在认真对焦取景。不

一座破败的谷仓矗立在茫茫荒野之中，背后是宏伟壮观的大提顿群峰，这是 Mormon Row 的标志

知道之前日出的光芒是否惠及这里，倘若那飘在大提顿峰的雾带都红了，应是相当震撼。

云雾飘散得很快，去留无意。我们的下一个目的地是 Mormon Row。作为一个景点，Mormon Row 还是比较特别的——一座破败的谷仓矗立在茫茫荒野之中，背后是宏伟壮观的大提顿群峰，给人一种美国西部独特的苍茫狂野的美丽沧桑感，我们房间挂的油画描绘的正是这里。

下午到达的时候阳光正好，蓝天白云下的我们心情格外愉悦。一些人举着手机跟着壮壮拍行走中的延时摄影，像提线木偶似的围着谷仓来来回回转悠。新娘和新郎在女摄影师的指手画脚下不知所措地摆着僵硬的动作，看样子效果还不如我们漫不经心的抢拍。

来之前就惦记着大提顿的这个小教堂，上一次擦肩而过的遗憾，这一次终于弥补了。

小教堂的名字叫 Chapel of the Transfiguration，中文直译为"变形教堂"，至于名字的深意，我没有去探究。

今天不是周日，没有当地人来做礼拜，但教堂还是对游人开放。

教堂不大，全木质结构，经近百年的风雨洗礼，还很厚重结实。内部结构则简单古朴，点睛的是牧师台后面墙上的大幅宽形玻璃窗，窗外是连绵的大提顿山脉和金黄色的白桦林，如同一幅无须修饰的天然美丽画卷。据说在这样心旷神怡的地方忏悔或祈祷，心灵更容易得到安宁。

我们不是来忏悔或者祈祷的，我们只是来看看风景的。

返回 Us-191 主路，拐进左侧的山坡等候日落。风太大，杂草在风中摇摆，顿感冷意袭人。

见时间还早，一些人便前往左边陡坡下金黄色的树林里避风。我后来也跟了过去，发现阳光下的树林秋色浓郁，Joyce、老杨等人正围着两头专心致志"喝下午茶"的麋鹿拍个不停。我几乎是从陡坡上顺势滑行，加入了他们的队伍。

两头麋鹿显然不惧我们，不交流也不抬头。我们不敢离得太近，攻略上说它们可不是善茬，一旦惹得它们不开心，它们一定也不会让我们开心。所以，最好的方式是保持距离，距离产生美嘛。

日落以最糟糕的方式谢幕，天边翻滚的云还没红就灰暗了下去。我们本以为会有满天晚霞，这样的结果多少令人感到沮丧。

4

犹豫再三，还是早起去了附近的杰克逊湖湖畔等候日出。云层实在太过严实了，阳光努力挣扎了十几分钟，差那么一点就突围成功了，最后还是留下一湖的遗憾。

在大提顿的第四天早上，我们离开大提顿前往与之相邻的黄石公园。离开时，杰克逊湖上云卷云舒，蓝天透彻。

两天后，手机天气预报软件显示大提顿下大雪了，我和壮壮竟不约而同地想回去看看。还没出黄石公园北大门，警察就在路上拦车，告知前方因大雪封路。如果我们早一点侥幸过去了，估计回程就成了大问题。

从变形教堂内牧师台后的大玻璃窗朝外看，风景如画

黄石国家公园，
现实中的魔幻世界

再一次来美国自驾游，黄石公园终于列入计划中。

根据事先安排的详尽的自驾游计划，黄石公园是我们此行的第三站，上一站的大提顿国家公园离黄石公园不过几十千米的路程，只是一路上雪山风光太过迷人，我们走走停停，不知不觉也消耗了四五个小时的时间。

不断喷薄而出的温泉沿着黄、灰、青色的岩层注入清澈汹涌的溪流中，旁边黄色的小野花在水雾中热烈地绽放，这场景如梦如幻

黄石公园内的酒店房间很少，而且价格不菲，即使我们提前两个月预订，也被告知没房。后来知道，如果想安顿在公园内，至少要在一年前就下订单，半年之内基本没戏。最终我们订了离公园集中景点相对较近的西门镇上的酒店。

公园每扇门的门口都有这样醒目的标志

黄石公园有 5 扇门，每扇门的大门外都有一个小镇，依附黄石公园而存在，大多是旅馆、餐厅、咖啡厅等和旅游有关的服务设施，主要目的就是接待来黄石公园游玩的人们。当然，这里也有政府、警察局、银行等管理和服务部门。由于黄石公园纬度靠北，秋冬季节，公园许多地方被厚厚的冰雪覆盖，部分区域不向游人开放。这个时候这些小镇也几乎同时处于冬眠状态，鲜有人迹，他们中的绝大多数如同候鸟一般，南迁过冬。

我们从南门入园，不久便看到绵延起伏的森林。6 月中午的阳光看似炽烈耀眼，车内仪表盘显示外面的温度却只有 50 华氏度（10 摄氏度）。公路边的树林里仍有积雪，不知道是去年冬天的未化，还是不久前刚下的。打开车窗，顿觉凉风扑面，空气清新无比。不一会儿，视野内出现了一大片由已经死亡的树木组成的森林，从色泽上看许多年前应该经过了一场山火的劫难。那些光秃秃的树干有的仍然顽强地屹立在山坡上，有的不规则地躺倒在地上，管理者并没有花时间和精力去清理它们，而是任由它们以最原始的方式回归自然。在它们中间，一簇簇齐腰高的绿色新生命正在苗壮成长。

继续前行，道路蜿蜒着向前延伸，一路上风光各异。虽然道路不宽，但很少遇到其他车辆，加上路面平整厚实，轮胎和地面接触时有明显的沙沙作响的抓地感，令人觉得开车是一种享受。一个左拐弯，我们发现道路右边悬崖下的山谷水流湍急，可以清晰地听到流水的声音。这条奔流而过的河流叫"刘易斯河"，我们放缓车速欣赏着。那流水看似是黑色，其实不然，只不过是因为河床上布满黑色的沙石，远远望去，还以为整条河的水都是浑浊的墨色。

238

遇到第一个岔道往右开，就到了黄石公园的东南段。沿着公路向西门方向开去，左边是浩瀚的黄石湖，它是黄石公园内最大的内陆湖，面积352平方千米，湖广水深，最深处达118米。它的唯一出口是黄石河，实际上，它也是黄石活火山口的中心，我们现在所见到的陆地就是由从这里喷出的火山岩石和岩浆堆砌而成的。

沿着湖边的道路，一边开一边看风景，湖水清澈，轻易地把湖边的景物一一倒映在湖

电影《2012》中所描述的场景，这里随处可见

中，湖面上不时有飞鸟掠过，成了这一幅绝美山水画的点缀。令人惊喜的是，湖边时而会出现小块白色的温泉区，雾气蒸腾，仿若仙境。几棵离泉眼较近的松树已然枯死，树干被硫黄漂成白色，却仍直直地挺立。偶尔也能看到路边有成片的树木枯死，灰蒙蒙一片，那场面凄凉感十足，很容易令人联想到电影《2012》中的场景。

在电影《2012》中，黄石公园正是大灾难的预警地，美国政府在这里设立了监测组织，24小时观测研究地面下的变化。但这一切于事无补，灾难还是来了——公园内的地热活动越来越活跃，终于导致地下火山爆发，整座公园瞬间消失。

晨曦中的黄石公园美丽静谧，一轮弯月高悬空中

夕阳照射在升腾的水雾上，光影迷人

　　忽然感觉头部微微作痛，Jonathan 说一定是高原反应发作了，黄石湖的海拔不过 2300 余米，我却如此悲催地感到不适，这极大地挫伤了我去青藏高原自由行走的信心。好在这儿离西门酒店不远，休息一会儿我就感觉好多了。

　　我们计划在黄石公园完成四天三夜的行程，显然，要在这么短的时间走遍整个公园是个不可能完成的任务。这个世界上最早成立的国家公园的总面积有近 9000 平方千米，公园内公路的总长就有近 200 千米。因此，我们主要选择一些比较知名的地方进行拍摄。

　　黄石公园最有名的温泉是大棱镜泉，我们一天内接连去了两次。去之前在杂志上看到过许多这里的图片，总觉得那些色彩鲜艳得不可思议，似乎是用电脑处理出来的效果。只有身临其境，才不由感叹大自然的神奇——这样的色彩并非电脑能够准确表达。温泉的色彩不断在变化，从水底到水边，由浅入深——从淡淡的碧蓝色变成宝蓝色，再到鲜艳的锈色以及令人难以置信的血红色。傍晚的云彩倒映在周围的水面上时，有一种言语难以

黄石公园中有大小间歇喷泉 200 多处，喷射时间大多有规律可循

表达的美丽。很长时间，我们都趴在原木铺就的栈道上，欣赏这魔幻般的景色，看它在时间的流逝中焕发不同的光彩。

　　而更神奇的应是老忠实喷泉。在黄石公园内数以千计的温泉中，它的外貌并不出众，四周陪衬的景色也极为普通。但它却以始终如一的忠实受到世人的称颂，几乎每一个到黄石公园游玩的人，都会老老实实地来到它跟前，一边听着关于它的古老传说，一边将信将疑地等候它的忠实出现。我们到达的时候刚好是当地时间 9 点，据说老忠实喷泉每隔 90 分钟喷一次，那时恰巧离上一次喷发刚过去 1 个小时，因此我们耐心地守候。也许大家都瞅好了时间，约好似的陆续赶来，没一会儿我们周围的长木凳上就坐满了游客。9 点 22 分，喷泉口开始有动静，只见热气不断升腾着，一开始只喷了 1 米多高就停歇了，接着又如此反复了两三遍，我一度怀疑它是否会忠实而来。但没过几分钟，我的怀疑就被否定了。9 点 27 分，喷泉口似乎一下子酝酿了足够的能量，瞬间喷出四五十米高的大水柱，简直不可思议，四周顿时掌声雷动。这样的高度大约持续了两分钟，水柱才逐渐变矮变细，

黄石公园的猛犸温泉是世界上已探明的最大的碳酸盐沉积温泉

最后消失在泉眼中，剩下的白色热气形成烟柱，一切又恢复如初。攻略上说，老忠实喷泉最美的观看时间是清晨和傍晚，那时候喷泉在柔光的照射下色彩鲜艳、迷人，蔚为壮观。

猛犸温泉也值得一去，含矿物质的温泉水自高向低流淌了成千上万年，其钙化沉淀形成了层层叠叠的梯田状景观，这样的景观和我国的黄龙景区有点类似。在夕阳的照射下，一切都光彩夺目。梯田中还生长着一些藻类，几只小鸟在其中寻找食物，旁若无人。附近的树林里有几只鹿在觅食，见我们下车拍照，它们并不慌张逃离，只有在我们试图靠近时，它们才会警觉地抬起头，然后逐渐后退，与我们始终保持大约 10 米的距离。

黄石公园不仅有森林、草原、湖泊、峡谷、喷泉等大量自然景观，还是众多野生动物的天堂。几天来我们总能被成群的野牛拦住去路，遇见麋鹿在草地、林间奔跑嬉戏，也见过不知名的鸟儿在天空中自由飞翔……不知道是幸运还是不走运，我们始终没有见到传说中的黑熊和野狼。

不到黄石公园，你真想象不到这儿有多美。谁也想不到这里是一个巨大的活火山口，每时每刻都释放着无边无际的巨大能量。幸运的是，这座活火山在人类历史上还没有爆发过，我也真诚地希望它永远不要爆发。

这是我最喜欢的一处间歇泉，喷射高度至少有 50 米

黄石大棱镜，
无与伦比的美丽

如果不是借助直升机的视角，我真的无法相信大棱镜可以如此摄人魂魄——任世间的画笔都无法勾勒出那无与伦比的美丽。

1

四年前来黄石公园的时候，大棱镜就是游人最为集中的地方。时浓时淡的烟雾中，大棱镜并没有想象中的张牙舞爪，它如同一个冒着热气的大温泉池子，仙气袅袅。

早在半年以前，壮壮就预定了坐直升机看大棱镜的行程。如果天气允许，也算弥补了上一次不能成行的遗憾。

壮壮预约了抵达第一天的下午去飞越大棱镜，后来事实证明这个决定无比正确，这是我们在黄石逗留的 4 个白天中最适合飞行的一天。我和 Summit Yang 第三天下午千辛万苦爬上大棱镜附近的山峰，所看到的色彩与之前相去甚远，除了大口大口地喘气，没有一丝惊叹。

先睹为快原来就是为了解决夜长梦多的困扰。

2

10 月的黄石已经很冷了，大约中旬一过，公园就会关闭。之后这里的人员大多如候鸟一般逐渐撤离到温暖的地方。

机场离西黄石小镇大约 10 分钟的车程，这个时节航班已经停飞，四周冷冷清清，风呼呼吹着，看不到一个人影。

我们大约等了 20 分钟，接我们的直升机从半个小时航程远的基地飞来。我们一共有 12 人，直升机一次只能搭载 3 人，只有后排右侧的一个舷窗可以打开，也就是说，因为玻璃会反光，只有一人可以把相机伸出窗外拍摄。好在这次来的人中用尼康和佳能相机刚好一半一半，我建议每组可选一人主拍，照片共享。

从机场飞去大棱镜单程 15 分钟，我和见书、鱼打头阵，我坐在后排右侧位置，兴奋期待之情溢于言表。我事先调好相机参数，避免到时候手忙脚乱。

黄石地势平缓，只有在高空才能感受到各种迥异的地貌风光。高空俯瞰大棱镜，发现所有赞美的言语都不过分：摄人魂魄，无与伦比，震撼心灵，真令人热泪盈眶！我所能想到的所有词用来形容也不及它的万分之一。我尽可能弓着身子，好让镜头完全伸出窗外。风呼呼吹着，我能听到我心跳的声音，掺杂在几乎不停歇的快门声中。

直升机掠过这个惊艳无比的洞穴瀑布，遗憾的是我的镜头快门速度不够

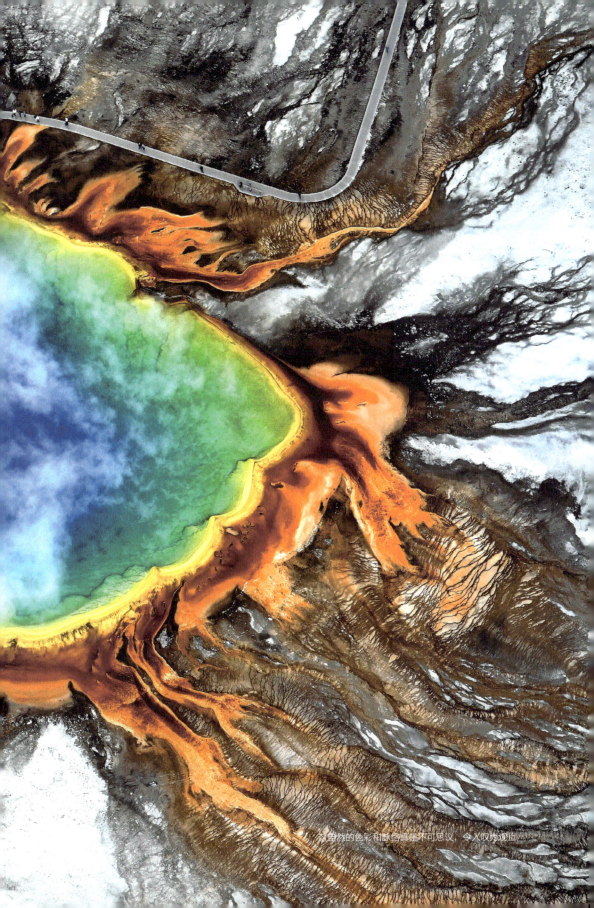

这自然的色彩和脉络真是不可思议，令人叹为观止。

直升机驾驶员果然只给我们两分钟的时间盘旋，我还得让出半分钟来拍视频。来时问他是否可以多给一点时间，他摇头说："这是规定，加钱也不行。如果你实在想增加时长，那么重飞一次，还是两分钟。"

后来，Joyce、壮壮也觉得意犹未尽，决定再飞一次，我被邀请加入。尽管这次换到左侧的位置，玻璃的反光减少了按快门的冲动，但，眼睛仍然不够用啊。

3

黄石公园的温泉并不少见，大棱镜会脱颖而出完全是因为它的与众不同。1871 年，美国地质学家发现了这个色彩斑斓的热泉。因为富含矿物质，水藻和菌类得以在水里生存，从而呈现了蓝、绿、黄、橙、红等色彩。更令人称奇的是，这些色彩还会随着季节的变换而改变。因此，它被人们称为"上帝之眼""最美的地球表面"。

绝大多数人沿着木栈道走到大棱镜跟前，实际上在几乎同一水平面上并不能见识到它那美丽多彩的脉络，只有借助说明牌上谷歌地图提供的俯瞰图才能发现它的神奇。当然，我们一行人都已亲历过了，那是比实景地

河流肆意在黄石公园内画出自己喜欢的图案

附近最高的白雪覆盖的山头，在视觉上也比不上直升机飞翔的高度

大棱镜景区里没有一个可以俯瞰的位置，只能凭着感觉融入这里

图更为真实百倍的亲身经历，一瞥，终生难忘。

　　第二天下午，我和 Summit Yang 花了 1 个来小时，历尽艰辛连爬带冲地登上了附近最高的白雪覆盖的山头，即使在那儿，风景也完全比不上 2000 英尺（约 609.6 米）的高空。

　　我忽然羡慕起这里的鹰隼来，每天可以在大棱镜的上空自由翱翔，而不必担心时间的限制和美金的流失。

成功飞行后的合影

后记 ▌ 我在世上行走，
记忆是唯一的行囊

我的好朋友有时会问我："走了这么多年，去了那么多地方，你觉得累吗？"

我累了吗？累吧。显然，这是一个回归理智的答案。不过会觉得累主要是因为年龄越来越大了，我又补充了一句，但凡还走得动，我都不会放弃行走的梦想。

我怀疑我小时候有多动症，我想我家人也这么认为。我妈常说，刚刚还在眼前，怎么一转眼人就没影了。

因此我小时候没少挨过打。

我的小学老师说，这孩子屁股是尖的，坐不住。上课的时候，我的眼睛时常游离在窗外，直到一个粉笔头落在我的桌上。

从小，我就喜欢阳光灿烂的日子，尤其是在秋冬时节，阳光温暖和煦，画眉在树林边婉转地唱歌，让人忘了时间流逝的速度。上课铃早已响过，慢腾腾走过锯木厂的不单是小弗朗士，也可能是我。

小学毕业的那年，我和表弟两个半大的孩子从福州坐了16个多小时的绿皮火车到南昌，那一年我们12岁，那次应该是我人生中第一次真正意义上的长途旅行。一路上我无比好奇，看着窗外不断变换的风景，心里充满着对远方的无限憧憬。事实上那趟列车一大半运行时间是在晚上，车窗外漆黑一片，许多时候我只能在"哐当哐当"声中想象远方的模样。

或许从那时候开始，远方似乎就有一种特别的魔力在吸引着我。初一时，刚好班上有个和我关系好的同学家里有台 135 相机，我开始接触并喜欢上了摄影，心里对远方就更加渴望了。

高考填志愿时，我的首选是上海，当年最美的地方当数"上有天堂，下有苏杭"的苏杭，我取了其中之一作为我的第二志愿。四年的大学生涯中我很不安分，除了苏杭，我还去了许多地方。大学毕业前夕，在志刚、阿亮和杨翌等同学的协助下，我在学校办了首个个人摄影展。志刚帮我写了序，起了一个当时看来很霸气的题目——把万水千山走遍，早早地帮我把人生拔到一个必须仰望的高度。

理想很丰满，现实很骨感。大学毕业后回到家乡工作，刚上班那几年，繁重的工作和生活压力使得我的远方梦想暂时被搁置起来。后来，在职读研给了我暂时逃避现实的空间，我可以停下来重新审视这个世界，不安的心开始躁动。再后来，我调到上一级单位，工作性质虽然没有改变，工作内容却轻松许多，而且出差的机会也更多了。再再后来，刚好得到一个公务去欧洲学习的机会，尽管只有 20 来天，但外面的世界一打开，心中泛起的涟漪便再也无法归于平静。

我曾经很认真地思考过这个问题：世界那么大，你能走多远？有人年纪轻轻就走过 30 个国家，有人一年就走了 20 个国家。那么，我的一生呢？60 个国家可以吗？或许在有限的生命长度中不一定能做到，那么出 60 次国总可以吧。我一向拒绝走马观花，我总希望能有更多的时间去看不同的风景，去接触当地不同的人。不一定要有很多影像记录，只是希望有一天想起某地，记忆中会有独属于那里的印象。

这些年的确走了许多国家，虽然离既定目标还有一段挺长的距离要走，但还好，走过的地方在我心中都留下了深刻的印象。而且，每一次回来，我都及时记录下当时最真实的体验和感受。这次能结集出版，算是一次对自己行走半生很有意义的封存。

其实，人生本来就是一次旅行。那些遇见的人，走过的路，停留的车站，看见的彩虹……转眼之间都成了美好的记忆。当我们老了，睡意昏沉，炉火旁打盹，我仍然会认为：我在世上行走，记忆是唯一的行囊。

责任编辑：方　妍
装帧设计：施慧婕
责任校对：王君美
责任印制：汪立峰

图书在版编目（ＣＩＰ）数据

风走八千里，不问归期 / 三石头著. -- 杭州：浙
江摄影出版社，2021.11（2023.1重印）
ISBN 978-7-5514-3516-1

Ⅰ.①风… Ⅱ.①三… Ⅲ.①游记—作品集—中国—
当代 Ⅳ.①I267.4

中国版本图书馆CIP数据核字(2021)第212447号

FENG ZOU BAQIAN LI, BUWEN GUIQI

风走八千里，不问归期

三石头 著

浙江摄影出版社出版发行
　　地址：杭州市体育场路347号
　　邮编：310006
网址：www.photo.zjcb.com
制版：浙江新华图文制作有限公司
印刷：廊坊市印艺阁数字科技有限公司
开本：710mm×1000mm　1/16
印张：16.5
2021年11月第1版　2023年1月第3次印刷
ISBN 978-7-5514-3516-1
定价：98.00元